未来の息子たちへの贈り物

# 青臭さのすすめ

JN153681

花木裕介

がん対策推進企業アクション 認定講師
がんチャレンジャー

# はじめに

「花木さん、ちょっと良くない結果が……」という切り出しに、僕はドキッとし怯える。そして、医師ははっきりとこう口にした。

「のどに、5段階中4段階目のレベル感で、悪性と疑われる腫瘍《しゅよう》が見つかりました」

「つまりは…………」

と精いっぱい言葉を返す僕。

「ええ、はっきり言いますね。『がん』です。それもかなり高い可能性で。首の方のしこりは、その腫瘍が転移してきているものと思われます」

こんなとき、よく「頭の中が真っ白になる」というけれど、僕の場合は「真っ黒」になった。未来が急に四方向から閉ざされた感じ。うなだれて、なんとか絞り出した言葉は、「マジっすか……」

どうしよう、家族のこと、仕事のこと。なんだかとんでもないことになってしまったぞ。

【出典：ブログ『38歳2児の父、まさかの中咽頭《ちゅういんとう》がんステージ4体験記！　～がんチャレンジャーとしての日々～』】

寒い日が多く、例年より早くコートを羽織る機会が増えていた２０１７年11月。こうして、私は、人生最大のピンチを迎えることとなりました。

◆

さかのぼること約8年前。２０１１年3月11日のことを忘れてしまったという方は恐らくいないでしょう。

「東日本大震災」

この大災害が起きるまで、ボランティアや寄付などに積極的だったことは一度もありませんでした。しかし、このときばかりは私も違いました。日に日に増えていく死者・行方不明者の人数。報道が伝える現場の凄惨《せいさん》さ。そして、自身のリスクも顧《かえり》みず迅速《じんそく》に行動を起こすボランティアの方々や、多額の寄付金を惜しげもなく申し出る経営者。

そういった一つ一つの行動に突き動かされ、かつて「傍観者」だった私は、2011年7月より、復興応援活動を行うことを決意しました。とはいえ、当時は長男がまだ1歳にも満たず、妻との共働きという環境下につき、現地に足繁く通うのは難しい状況。

そこで、本業の傍ら、「3・11を忘れない」というメッセージを伝えるべく、メルマガ執筆、フェイスブックページの作成・運用、フルマラソン走破、チャリティTシャツの作成・販売、書籍出版、小説執筆といった、独力かつインターネットなどで進められる活動を中心に取り組み、そこで得た収益を震災遺児の方々への寄付などに充ててきました。

発生当初こそ、支援者はどんどん増えていきましたが、数年もすると、世の風化《ふうか》の波は否応《いやおう》なしに押し寄せてきて、私の取り組みはいつしか「青臭い活動」などと揶揄《やゆ》されるようになりました。

それでもほそぼそとながら、メッセージ発信は続けています。

その原動力は、震災から3ヶ月後に宮城県石巻《いしのまき》市で見た、目を覆いたくなるような悲惨な光景です。２０１１年３月10日までの当たり前だった日常が、津波もろとも飲み込まれていました。小学生の画材道具や運動靴、ランドセル、そして家族のアルバム……。

この日から私は、「人生、いつ何が起きるか分からない」「だから、今日一日、やれることを精いっぱい、悔いなくやる」ということを脳裏に刻み、自身の行動指針の一つとして取り組んできました。

◆

そして、２０１７年11月、「人生、いつ何が起きるか分からない」が、ついに私自身の身にも降り掛かってきました。まさかのがん宣告。38歳の働き盛りの父親としてこれからまだ数十年、当然健康体で生きていくだろうと漠然と考えていた私の未来予想図が、崩れ去った瞬間でした。

宣告直後は、寝るのが特技の私でさえ、恐怖と悔しさでほとんど眠ることができませんでした。生まれて初めて感じる、

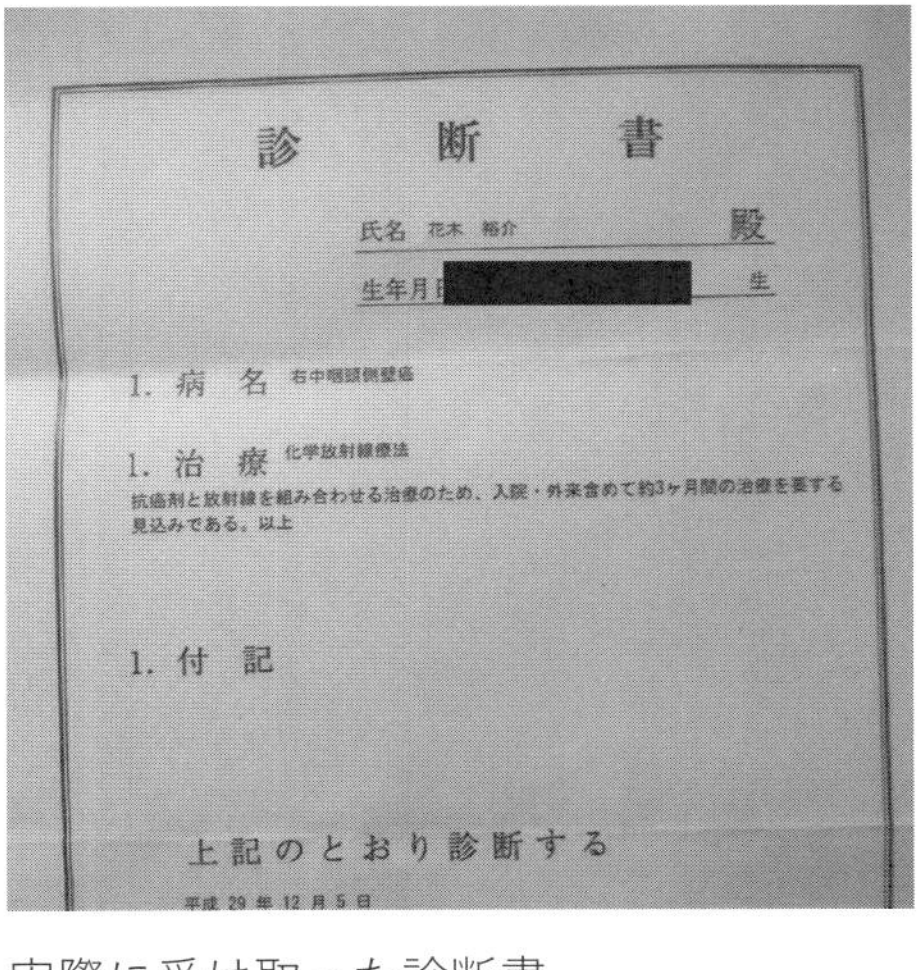

診断書

氏名 花木 裕介 殿

生年月[redacted] 生

1. 病名 右中咽頭側壁癌

1. 治療 化学放射線療法

抗癌剤と放射線を組み合わせる治療のため、入院・外来含めて約3ヶ月間の治療を要する見込みである。以上

1. 付記

上記のとおり診断する

平成 29 年 12 月 5 日

実際に受け取った診断書

「死」が身近に迫ってくるような恐怖と、まだ30代という若さでがんという病気に罹患《りかん》してしまったという、言いようのない悔しさ。

しかし日が経つにつれ、私の中で、相反する想いも生まれてきました。「将来への不安は確かにある。家族や周囲にも心配をかけている。でも、少なくとも、ここまでの人生に悔いはない。やりたいことはやってきた。家庭も築けたし、本も出せた。すでに何があっても、残せるものがある。だからこそ、くよくよ過去を振り返るのではなく、どうやったらこの病気を克服《こくふく》できるかをポジティブに考えていこう」

意外と冷静な自分がそこにはいました。もし、やりたいことを先延ばしにしていたとしたら、この心境にはなれなかったかもしれません。こうして7年近く積み上げてきた青臭い活動が、治療に立ち向かうにあたって前向きな気持ちを与えてくれたというわけです。

そして何より、それまで活動を通じて発してきた「夢」「感謝」「思いやり」「応援」「利他《りた》の心」といった、30代後半のビジネスパーソンが発する内容としては「青臭い」と言われていたメッセージたちが、9ヶ月に及ぶ治療・療養生活の辛い時期に私を支えてくれました。さらには、がんを患《わずら》ったことをブログにて執筆・公表することで、長く苦しい治療をポジティブにやりきる使命感を醸成《じょうせい》することができました。

一方、私も一時は習得に邁進《まいしん》していた、ビジネス書や雑誌に出てくるような「人心掌握術《じんしんしょうあく》」や「処世術《しょせい》」「ITリテラシー」「マネーリテラシー」といったものは、生命の危機の前では大きな支えにはなり得ませんでした。

そして私は気づかされました。「人生追い込まれたときには、青臭いほうが強いんだ」と。

そんな経験から得た「青臭さのすすめ」を、未来を生きる現在8歳と5歳の息子たちに伝えるべく、本書ではあえて息子たちに語りかける形式を取っています。

また、息子たちだけでなく、一人でも多くの「今」を生きる方々にも伝えることが、がんという病気に罹患しながらもなんとか生きながらえている自分の役割だと感じ、本書を執筆しました。

出世のポジションが先細りしたり、ＡＩに仕事を取って代わられてしまうリスクがあったりと先行き不透明な昨今、自分の生き方を未だ決めかねている方々や、逆境に陥《おちい》っていたり、閉塞《へいそく》感を打破したいと考えたりしている方々にこそ、読んでいただけたらうれしいです。もちろん、今健康な方のみならず、がんなどの治療で辛い思いをしている方々にとっても、逆境を乗り越える上でのヒントになれば幸いです。

※「青臭い」を辞書（大辞林第三版）で調べると、次のように書かれていますが、本書では、②をポジティブに捉え、「あえて世の中の空気を読まない」という意味で定義しています。

①青草のようなにおいがする。「―・い野菜ジュース」
②未熟である。世間の実情をよく知らない。「―・い考え」

# 目次

## 第5章　128日の治療生活が始まった
### ～青臭い生き方その② 日々、全力で生きる～

## 第6章　がんにも意味がある
### ～青臭い生き方その③　感謝の気持ちを忘れない～



## 第7章　毎週続く抗がん剤治療
### ～青臭い生き方その④　人生いつだってチャレンジできる～

装幀：菅原　守

# 第1章　まさかのがん宣告

## 1—1　健康診断オールAのはずが……

息子たちよ。これから父さんは20年後の君たちに向けてメッセージを書き残そうと思う。そのとき君たちはもう結婚しているだろうか。やりたい仕事に就いているだろうか。いずれにしても、もし君たちが大人になって、逆境や挫折に立ち向かうことがあったときは、ぜひこの本を読んでみてほしい。ここに父さんが君たちに伝えられるヒントを記したつもりだ。

第1章ではまず、父さんがこの本を書くきっかけとなった、がん告知から治療開始までのことを少し振り返ってみようと思う。

父さんは今、39歳だ。がんの告知を受けたのは、38歳と10ヶ月のとき。まさか自分が30代でがんになるなんて想像すらしていなかったよ。

確かに今は日本人の2人に1人ががんになり、現役世代の3人に1人が罹患する時代と言われてはいるけれど、どこか他人事としてしか捉えていなかった。「自分が乗った飛行機が落ちるかも」というリスクを考えたことはあっても、「今、がんになる」というリスクは本気で1㎜も考えたことはなかった。

昔から、健康は取り柄の一つだったしね。小学校からサッカーをやっていたので、腕や肋骨を骨折したことはあったけれど。

また、ちょっと恥ずかしいのだけれど、30代前半に痔の手術をしたこともある。

一方で、健康診断はほぼオールA。一度、胃のポリープが疑われたものの、検査に行ったらまったく問題はなかった。

タバコは20代後半に差し掛かるときに自主的にやめた。サッカーを真面目にやっていた時期で、タバコを吸いながらじゃベストは尽くせない、ということでやめたんだ。

お酒も好きだけど、飲んでもせいぜい飲み会でジョッキ5杯が限界。普段も晩酌でビール1缶程度。次男の君が生まれてすぐに断酒して、２年半続けたこともあるんだ。

身長は１８０㎝で体重は70㎏を超えることはほとんどなかったな。身長・体重のバランスから見る、大人の体格を示す目安であるＢＭＩ（Body Mass Index の略）で言えば、常に標準か、時に痩せ気味という評価。メタボなどの危険性は極めて限られていたといえる。

そんなわけで、比較的健康には気をつけていたつもりだったし、それだけに自信もあったんだ。

だからこそ、ショックも大きかった。こんなに健康に気を遣ってきた自分がまさか……と。すごく失礼な言い方かもしれないけれど、「だったら、他にもっと不健康そうな人がいるじゃないか」と自分の不運を恨むことさえあった。

父さんのがんは「中咽頭がん」と言う。有名人では、作曲家の坂本龍一《さかもとりゅういち》さんや俳優の村野武範《むらのたけのり》さんも同様のがんを患いながら、克服されている。

国立がん研究センターのがん情報サービスによると、次のように記述されている。

「人間の『のど』は、咽頭と喉頭《こうとう》からできています。このうち咽頭は鼻の奥から食道までの、食べ物と空気が通る部分で、上咽頭、中咽頭、下咽頭に分かれています（略）。

中咽頭は口を大きく開けた時、口の奥に見える場所で、以下の４つの部位に区分されます（略）。中咽頭は、食物や空気の通路であり、食物をのみ込む嚥下《えんげ》や言葉を話す構音《こうおん》をうまく行うための重要な働きをしています。」

【出典：国立がん研究センターのがん情報サービス

URL: https://ganjoho.jp/public/cancer/mesopharynx/】

検査して判明するまで、初期症状はほとんどなかった。喉が痛くなることも、飲み込みにくくなることも、喋《しゃべ》りにくいということもなかった。君たちとも毎週のように公園やテーマパークで遊び回っていたしね。でも気づかないうちに、父さんの中咽頭がんは頸部《けいぶ》リンパ節にまで転移していたんだ。

「ハンカチ落とし」っていう遊びを知っているかな。父さん、小さいころ、仲間とハンカチ落としをやっていたとき、自分の後ろにハンカチを落とされたことにまったく気づかずにのほほんとしていたことが何度もあったけれど、今回の病気が判明したときは、そんな昔のことを思い出したな。

がんは早期の場合、症状が出ないことも多いらしく、逆に症状が出てしまってから気づいて、結果かなり進行してしまっているというケースも少なくないと言われている。

過信をしていたわけではないけれど、やはり健康に絶対はないのだということを父さんは今回の経験から学び、そして本書を通じて、「青臭さのすすめ」と合わせて、君たちに伝えたいと思っている。

## 1―2　38歳、今が働き盛り

父さんは、いわゆる普通のサラリーマンだ。何度か転職をしていて、現在は5社目。君たちにはいつも「一度始めたことは、最後までやりきれ」なんて言っているけれど、自分のことだと、なんだかんだで長続きしていないとも言えるね。

まず28歳のとき、老舗《しにせ》マスコミ企業での安定的なキャリアを投げ捨て、年収300万円の商業ライターとして再出発を切った。その後、日本最大規模のビジネスコーチが活躍する企業に転職。主に、ウェブコンテンツやメルマガの執筆や制作を担う、コンテンツライター兼ライティングコーチとして4年間の研さんを積んだ。企業の経営層、管理職から著名人まで、延べ1000名以上の方への取材執筆や記事編集を手掛けることで、取材対象者や読者の行動促進を後押ししてきたんだ。

その後、上場企業の人材育成を手掛ける関連会社に移り、教材制作をしたり、研修の運営をしたりしていた。

現在の勤務先は、医療関連サービスの提供会社で、がん判明までは主にメンタルヘルス研修のコンテンツ開発や運営管理などを行っていた。

とにかく書いたり、制作したりしたものが形になり、人の役に立つことが好きなので、その部分は大切にしてきたつもりだ。

役職は係長職。これからどんどん会社に貢献《こうけん》して、次は管理職になって部下育成もやって……と思っていた矢先のがん宣告だった。20代で社会人としての基礎スキルを磨き、30代でメンバーとの協業やリーダーシップについて学び、これから40代になってそれらを下の世代にも引き継いでいきたいと思っていたところだった。

しかも、今の勤務先には、がん判明の1年半前に転職したばかりで、「仕事や人間関係にも慣れてきて、ようやくこれから……」というタイミングだったので、悔しさも大きかったな。これで少なくとも何ヶ月かは穴を空けなければならない。また、戻ってこられたとしてもゼロからやり直しか、と。

とはいえ、仕事ばかりというわけではなく、ワーク・ライフ・バランスにも気を配っていた。土日は君たちや母さんとの時間を大切にしてきたつもりだし、趣味である執筆を通じて、本業の傍ら商業出版という長年の夢を叶《かな》えたこともある。

そんな父さんですら、やはりこの30代後半というタイミングで、一時的にせよ仕事を奪われてしまうのは、ここまで積み上げてきたものが一気に崩れてしまうようで、精神的に苦しかったよ。

「これまで頑張ってきたんだから、少しお休みしなさいってことだよ」と励《はげ》ましてくれる友人もいたけれど、有り難いと思う反面、内心は「こんな休み、いらないよ」

と嘆いていた。

そして、こう誓ったんだ。「社会復帰するときには、この経験を活かして、今以上にパワーアップして戻ってくるんだ！」と。そう思わなければやっていられない自分がいたんだね。

結局父さんは半年以上勤務先を休職することになった。社会とのつながりを失ったこの時期、「焦らず、慌てず」とはやる気持ちの自分に言い聞かせながら、治療とリハビリに取り組んでいくことになるんだ。

## 1―3　不意に気づいた首のしこり

２０１７年の10月初旬。勤務先で会議に出席しているとき、何気なくついた頬《ほお》杖《づえ》からすべては始まった。

「なんだ、これ？？」

首にかなり大きい腫れがある。イメージとしてはピンポン玉を一回り小さくしたくらいの大きさの腫れ。

これまでこんなのあったかな。まあ、よく言う扁桃腺《へんとうせん》の腫れかな。最近、仕事も残業続きだったし、風邪の予兆かな……。

でも、なんとなく気になったので、帰宅してから母さんに相談してみることにした。

「気になってるなら、耳鼻咽喉《じびいんこう》科行ってみなよ」

まあ、その通りだよね。自分がもし逆の立場ならそう答えるし。

ちょっと面倒に思っていたので、誰かに背中を押してもらいたかったのかもしれない。

でも、まさかここから長い長い闘病生活がスタートすることになるとは、このときの父さんは想像すらしていなかったんだ。

◆

翌週、会社を定時で退社し、勤務先近くの耳鼻咽喉科に向かった。インフルエンザの予防接種でお世話になっている、いわゆる町のお医者さんだ。

「はい、花木さんどうぞー」

受付で診察券を提出し、ソファに腰を掛け、スマホを取り出した瞬間、早速診察室に呼ばれた。待ち時間の短いところがこの耳鼻咽喉科の魅力でもある。

年配の、長閑《のどか》そうなおじいちゃん先生に、症状を伝える。

先生は軽く触診《しょくしん》をして、喉の様子を看《み》るものの、よく分からないらしく、「うーん、風邪かなんかでしょうかね、一旦《いったん》は抗生《こうせい》物質で様子を見ましょう」ということになった。このときの先生ののんびりとした口調から、がんを連想することとなど到底できなかった。

翌週、腫れは少し小さくなった気がしたものの、完全になくなるにはほど遠く、問題解決に至らぬままさらに通院は10月いっぱいまで続いた。

父さん自身も、仕事が忙しかったし、何より痛みや出血といった症状がまったく出ていなかったから、できるだけ気にしないよう、悪い方に考えないようにしていた。

それでも、一向になくなる様子のない「ピンポン玉」の存在は、父さんの中で徐々に大きくなっていったんだ。

いよいよ10月も終わりに入る頃、「このままはっきりしない状況が続くのは良くないから」と先生に強く依頼し紹介状を書いてもらい、11月中旬にもっと大きな総合病院に精密検査を受けに行くことになった。先生は、「まあ、大丈夫ってことを確かめに行くのもいいでしょうね」とやはり楽観そのもの。

ここでもし、父さんが、精密検査という選択肢を選ばなかったら……。そう考えると、本当に恐ろしい。なんとなく一度気になってしまうと、最後まで決着をつけないと気が済まない性格が功《こう》を奏《そう》したといえるけれど、がんには初期症状が出ないものも少なくないので、こればかりは自助努力だけでは難しいところもある。

でも、君たちには、もし何か気になることがあれば、とにかく面倒だったり、怖かったりすることはあっても、詳しく調べてもらうことを強く勧めたい。何かあったとしても、発見が早ければ早いほうが回復の可能性も高まるし、何もなければ安心できるからね。

「青臭さのすすめ」の前に、まずは「早期検査のすすめ」をさせてもらったけれど、君たちももう少し大きくなったらきっと、父さんの言うことの意味を分かってくれると思う。

## 1—4　恐怖の精密検査

検査予約日当日。会社に行く前に、町のお医者さんの数十倍のスケールを誇る総合病院に立ち寄り、精密検査を受けに行く。白く巨大な建物を目にしたとき、まだ結果が出たわけでもないのに、なぜかリスクのステージが一気に上がったような不安を覚えた。

一方、診察室に入り、対面した医師は、父さんより若い感じで、その分、丁寧な話しぶりに好感が持てた。ひと通りここまでの状況を説明した後、触診から、針による組織検査と細胞診を受けた。しかし、触診を境に、なんとなく医師の顔色が変わり、場の空気に緊張感が生まれたのが分かった。

ただの腫れにしては物々しいな。でも、大丈夫。腫れは確実に小さくなっているし、数日前からもう一つ腫れが出てきたものの、最初のものよりは全然小さいんだから。

この日の検査では情報不十分な場合のことを想定し、念のため組織を切り取る生体検査の下準備として、採尿《さいにょう》やレントゲン撮影などをして終了した。

「あー、なんだかんだで2時間もかかっちゃったよ」

上司には、少し病院に立ち寄ってきます、くらいしか言っていなかったので、帰ったら遅くなったことを報告しないと。

体のことよりも遅刻のことが先に頭に浮かぶくらいに、まだこのときは気持ちに余裕があったんだ。

◆

検査結果は1週間後の月曜日に出ることになっていた。

週の半ばくらいまではまだ良かったものの、その月曜日が近づくにつれ、どうしても不安のほうが勝ってくる。

もしかして悪性リンパ腫《しゅ》だったら……。だとしたらステージは……？　気になって片っ端からウェブで調べてみる。

症状は特に該当するものはなさそう。多少貧血気味なときはあるけれど、体重は維持できているし、全身倦怠《けんたい》感もそれほどではなく、寝汗もないし、熱も特にない。強いてあげれば喉が乾燥しているのが続いているくらいか。

中には化膿《かのう》性のものなど、悪性でないものもあるようだが、とはいえ、やはり最悪のシナリオは描いておかないといけない。何よりも、触診のときの医師のあの顔色が、父さんの脳裏をどうしても離れてくれなかった。

その週の土曜日から翌週月曜日まで、中学の友だちとかつて住んでいた香港への旅行を予定していた母さんは、父さんのそんな様子を見て、「旅行、やっぱりやめとこうか？」と言ってくれたけれど、それは押し戻した。

むしろ帰ってきたら、大変なことが待っているかもしれない。だとしたら、結果が分からない今ならまだ父さん一人で持ちこたえられるし、できれば、めったに行けない友人たちとの旅行くらいは楽しんできてほしい。

もしかしたら、あえて深刻にならないよう、「大丈夫」と自分自身に言い聞かせたかったのかもしれない。それでも、心は正直だ。不安は仕事帰りや就寝時といった父さんが一人になるタイミングを狙ってスッと忍び寄ってきては留まり続けようとし、おかげでほとんど寝られない日もあった。

◆

救いだったのは、週半ばに会社帰りに向かったカウンセリングで、自分の思っていることを話し、聞いてもらったことだ。

父さんは、会社の福利厚生を利用して、数ヶ月に一度、心理カウンセラーからカウンセリングを受けている。カウンセリングは、うつ病などの疾患でなくても、健常者がメンタルヘルス不調にならないように予防として使うこともできるんだ。

話題は、仕事や家族、自分の目標や人間関係などさまざま。

たとえ悩みや相談がないときであっても、口にすることでその時点での自分の気持ちや葛藤《かっとう》を整理できるし、その数ヶ月間の成長実感も得られる。

この週は仕事もハードで、気力はほとんど残っていなかったのだけれど、それでも約束の場所、約束の時間に向かい、50分間、気心の知れた心理カウンセラーに向かって話し続けた。

もしも病気だったら……。最悪のケースを考えると、体の不安や、今の生活が維持できなくなるかもしれないという恐怖などが絶えず頭をもたげてくる。

とはいえ、何か起きたとしても、自分は自分のこれまでやってきたことを引き続きできる範囲でやるだけだ。

仕事も家事育児もそれ以外の活動も、これまで自分なりに精いっぱいやってきたのだから、今さらジタバタする必要はないじゃないか。

評価や成果は必ずしもついてきてはいないものの、自分のコントロール範囲ではなんだかんだで全力でやってきたのだ。結果がどうなろうと、これからもそのスタンスを貫けばいい。

でも、家族や会社には迷惑をかけるかもしれないな。こんなときでもやはり迷惑をかけたくない自分がいる。それだけが気掛かりだ……。

◆

そんなことをつらつらと話した。カウンセラーの方は、ただただ父さんの話を聞いてくれ、そして、否定することなく言葉一つ一つを丁寧に受容《じゅよう》してくれた。

土曜日と日曜日は、母さん不在の中、君たちとテレビゲームをしたり、動物園に行ったりと不安をかき消すように笑い、怒り、楽しんだ。もちろん間近に迫った通院日のことが頭を離れることはない。「大丈夫」「いや、駄目なんじゃ……」「大丈夫」「いや、駄目なんじゃ……」と頭の中で堂々巡りが続いた。

それでも結果は、明日月曜の朝には出る。もしかしたら、明日からは新しい自分になってしまっているかもしれない。

だとしたら今日一日をこれまでの自分の最終日として、今まで通りやりきるしかない。最悪の想定をしながらも、希望を失うことなく、一日を全力で生きよう。

動物たちののんきな昼寝姿を横目に、父さんはそんな決意を固めていたんだ。

## 1―5　がん告知と家族への報告

夜中に何度も目が覚めた。秋もだいぶ深まっている時期なのに、パジャマには冷や汗が染み込んでいる。

前日は、結局、あまり寝られなかった。最悪のケースに対する不安が父さんの眠りを妨げた。それでも、朝は否応なしにやってくる。

病院に向かう駅の道すがら、「治療しながら〜」と書いてある「がん治療と就労の両立支援」のポスターがふとピンポイントで目に入ってきた。いつも横を通り過ぎているはずなのに、なぜ今日に限って……。なんだか不吉な予感がする。

予約時間である9時に十分間に合うよう病院の待合室に到着。でも、待っているこの僅《わず》かな時間すらもどかしい。カバンに手を突っ込み、普段から愛読しているスポーツ雑誌を広げてみたが、2〜3ページめくってすぐ閉じた。この不安で押しつぶされそうな状況下で、雑誌の文章が頭に入り込む余地などもはやなかった。

9時。いよいよだ、と思いきや、少し腰の曲がった70代くらいの車いすに乗った男性が先に診察室に通されていく。そして、程なくして、「大丈夫ですので、お大事にー」と声をかけられ診察室を出ていく。この人よりも緊急度が低いということか。じゃあ、大丈夫だ。中から笑い声も聞こえる。大丈夫だ。

「123番の方、お入りくださーい」

手に持っていた診察ナンバーを見返すと、そこには間違いなく「123番」の文字が記されている。心臓の波打つ音が耳元にまで聞こえてくる。

この白い扉の向こうに待っているのはいったいどんな未来なんだろう。

「えーい、もう悩むだけ悩んだんだ。なるようになれ」

ひと呼吸おいて、腰を上げる。

「失礼します」

扉を開け、診察室に入ると、この前の医師が言葉なく父さんを見つめている。

「花木さん、ちょっと良くない結果が……」という唐突な切り出しに、ドキッとし怯《おび》える。

そして、医師は間を置くことなく、はっきりとした口調でこう言った。

「のどに、5段階中4段階目のレベル感で、悪性と疑われる腫瘍が見つかりました」

「つまりは………」

と精いっぱい言葉を返す父さんに対して、医師は迷うことなくこう告げる。

「ええ、はっきり言いますね。『がん』です。それもかなり高い可能性で。首の方のしこりは、その腫瘍が転移してきているものと思われます」

こんなとき、よく「頭の中が真っ白になる」と言うけれど、父さんの場合は「真っ黒」になった。未来が急に四方向から閉ざされた感じだ。あー、俺の人生ここまでか。そもそもあとどれだけ生きられるんだろう。

うなだれて、なんとか絞り出した言葉は、「マジっすか……」。

どうしよう、家族のこと、仕事のこと。なんだかとんでもないことになってしまったぞ。

これ以上先生の言葉がまったく聞こえてこない。

「花木さん、大丈夫ですか？」

医師の言葉によって、現実に引き戻される。この病院では、これ以上検査をしても、結果として十分な治療ができない可能性もあるということで、もっと専門的な病院を紹介してくれることになった。

ということで、一旦診察室を退出。入室前に座っていた正面の革張りのソファが恨めしい。この話を聞く前の自分に戻れるものなら戻りたい。

頭の整理ができず、とりあえずスマホで「咽頭がん」を片っ端から調べた。最悪の想定は「悪性リンパ腫」だったので、咽頭はまったくのノーマーク。病状は？原因は？　5年生存率は……？　調べても調べても、悪い情報ばかりが頭に残り、さらに不安は増幅する。まだ死にたくない……。でも、どうすればいいんだ……。

混乱は続いていたものの、しかし、この後、会社には行かないといけない。上司とメンバーには伝えないといけない。次の病院の手配をしてもらい、気を確かに持って、白く巨大な建物を後にした。

午前11時。手に持ったコートはすでに必要がないほど、外は暖気《だんき》を取り戻していたが、父さんはその暖かみをまったくと言っていいほど感じることができなかった。映画の世界かなにかに自分が飛び込んでしまったような、そんな非現実感が父さんを支配していた。

◆

家族にはどう伝えようか。親はなんて言うだろう。今の仕事はどうなるんだ。この先、どうなってしまうんだろうか。夢なら早く覚めてくれ！

この日は、母さんが旅行から帰国してくる日。飛び立つ前から、結果は必ずすぐに報告するように言われていた。

帰国便のフライトは確か日本時間で15時過ぎ。

こちら遅い食事をとっていて今は13時。とりあえずフライトまではこのままやり過ごしてしまおうか。せっかくの旅行なのに、ここで伝えてしまったら可哀想《かわいそう》だしな。

でも、約束しちゃってるし、どうしよう。

こんな局面であっても、そんなことを考えられる自分がいて、少し安心した。

母さんに伝えた瞬間、この問題は家族を巻き込む問題になる。少しでも引き延ばしたい。母さんの悲しむ顔は見たくない。でもいずれ分かってしまうし、もはや事実は変えられない。葛藤の末、決心した。

そして、えいっと送信ボタンを押した。

「(前略)遅くなったけど、結果が出ました。

頭を整理するのに少し時間がかかってしまったけど、報告します。

想定していた最悪のパターンに近い結果で、来週病院を変えて再度進行度合《どあい》や程度を見るための精密検査となりました。

詳しくは、今日かもし寝ちゃっていたらまた明日きちんと説明するよ。

せっかく楽しい旅行の最後に、このような結果で申し訳ない。

飛行機着いた頃に送ろうかと迷ったけど、約束なので。

友だちにもよろしく伝えてください。

でもとりあえず今のところは昼飯も全部食べたし、元気なんだけどね」


返事はすぐに来た。やはりショックは大きかっ

LINEで一緒に送った画像

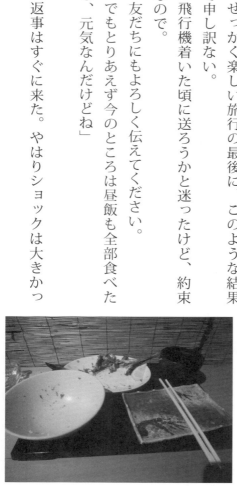

たようだけれど、周りに友だちがいてくれたのが救いだった。
父さん一人だったら、母さんの辛さを抱えきれなかっただろう。

◆

この日は、社内でも、上司やメンバー、一部関係者に事態を伝えることができた。病院で感じていた不安を悟られないよう、平静を装う自分がいた。その最たるものとして、治療の体験談を綴《つづ》るブログを始める構想も、宣告の日にはすでに周囲に話し始めていた。

周囲に心配をかけまいとする父さんなりの気遣いだったが、それ以上に皆さんが、父さんの話にじっと耳を傾け、最後に「きっと大丈夫だから」と励ましてくれたことに救われた。

さらには、幸運なことに、父さんの今の勤務先は健康や医療関連の事業をやっているということもあり、「がん治療と就労の両立支援」の制度が整っており、医療情報や各種ネットワークもふんだんにあった。これらを活用すべく、できるだけ関係者とは連携を深めていくことになった。

皆さん一様にびっくりしていたけれど、一方で最善のバックアップを約束してくれた。


こうしてこの日は、定時で退社させてもらい、君たちを預かってくれていたおじいちゃん、おばあちゃんの家に迎えに行き、3人で家に戻った。

君たちを寝かしつけ、母さんの帰りを待つ。今日も一日無事に終わった、か。

ここまで気丈《きじょう》に振る舞ってきたものの、一人になった途端、急に、溜まっていたものが胸の奥底からこみ上げてきた。

本当にがんと診断されてしまった悲しみと、リアルに迫ってきた死への恐怖、近い将来家族と別れなければならなくなるかもしれないという不安が一気に押し寄せてきた。その重みに耐えきれず、一人別室の布団の中に潜り込み、小さく叫び、そして嗚咽《おえつ》した。吐き気がした。初期症状だろうか。

こんなところで死にたくない。子どもたちだってまだ小さいし、生きてやらなきゃいけないことだってまだたくさんある。だけど、やっぱりがんには勝てないんじゃないか……。

そんな葛藤が数十分ほど続いただろうか、ふと我に返った。冷静になれ、俺。ここで泣いていても、何も解決しないぞ。がんになろうとならなかろうと、限られた命を削って生きているのはみんな一緒。ただ何かが起こるリスクが少し上がっただけ。そう思えば、自分だって、他の誰かだって変わらない。

君たちや母さんとの関わりも、これまでと同じ。日々やれることをやるだけだ。そして、それを積み重ねてこそ、未来が切り開けるはず。

そう思ったら安心したのか、今度は睡魔が一気に襲ってきた。なんだかとんでもない一日だったな。

母さんよ、ごめん。話は明日にしよう……。

◆

宣告翌日の午後。仕事を半休で切り上げ、家で待つ母さんに病院で聞いたことをすべて話すことになった。

帰宅後、二人で向き合うと、君たちのいないダイニングテーブルにこれまで感じたことのない緊張が走る。きっと母さんは、知りたい気持ちと知りたくない気持ちとで心が乱れているだろうと思い、自分としては努めて冷静に話したものの、やはり母さんは動揺を隠せない。特に、「がん」という言葉を父さんが発するたびに、溢《あふ》れるものを抑えきれなくなっていた。

そりゃそうだろう。父さんにしても、会社に両立支援の制度や情報などがなかったら、こうは冷静でいられないし、実際に昨日はがんのことがひとときも頭を離れなかった。

とにかく会社や周囲の支援を受けながら、自分たちでも頑張って色々調べて、回復の可能性を高めるのに最適な選択をするべく準備を進めよう。一緒に頑張っていこう。

不安でいっぱいの中、二人でそんな話をした。

並行して、実家の両親や業務上どうしても連絡しなければならない人たちに優先的に連絡を取ることにした。努めて冷静に。相手にできるだけ心配をかけないように。こんなときでも相手の心配をしてしまう自分が、少しうれしくも感じた。がんになっても、変わらない自分でいられるということは、これまでの人生もきっと間違っていなかったということ。信念を持って生きてこられたということ。

もしかしたら、そんな性格だから余計にストレスが溜まってしまうのかもしれないけれど、でも、父さんは後悔しない。いや、正しくは、必死に、「後悔しないぞ」と柳のように揺れ動く自分の気持ちに言い聞かせていた。

自分の体が第一優先。それはそうだけれど、ただ長生きすればいいってもんじゃない。充実した日々。苦しくともやり遂げて得た経験。そうした積み重ねのおかげで、父さんは過去を後悔することなく、今、前を向いて生きていけている。青臭いと言われるかもしれないけれど、本気でそう思っている。

そして何より、これからがんになる人を支えたいという新しい使命感が芽生え始めている。というよりも、そんな使命感の力でも借りなければ、治療に向けた気持ちを支えていられなかった。

とにかく回復の可能性を1%でも高めておくために、免疫力《めんえきりょく》を下げないよう、手洗い、うがい、マスク着用を徹底し、食欲が出ないときでもとにかく食べ、時に詰め込み、たくさん寝る。酒は飲まない。

こうした基本動作を徹底的に繰り返す。父さんの尊敬する大リーガーのイチロー選手も次のように言っている。

「ちいさいことをかさねることが、とんでもないところに行くただひとつの道」だと。

【出典：『夢をつかむ　イチロー262のメッセージ』（『夢をつかむ　イチロー262のメッセージ』編集委員会著、ぴあ）】

## 1―6　確定診断。そして、新たな人生が始まった

11月28日。生体検査（組織診断）を受ける日。今度はどんな検査を受けなければいけないんだろう。夜はまたも寝られず、寝汗をかいて何度か起きてしまった。

そのせいか、セットした目覚まし時計を自分で止めてしまったようで、予定していた時間に起きられず、さらには食欲もあまり湧いてこない。

やはり検査はいやだと、体が訴えているのだろうか。

この日同行してくれた母さんと一緒に行く道すがらも口数は少ない。

検査、結果……。あと何回続くのだろう。

学内の並木通りを抜け、病院の入口に入るや、そのあまりの人の多さにぎょっとなる。一方で、さまざまな診療科目の人がいるからか、歴史と実績を誇るその大学付属病院は思いのほか、敷居《しきい》が低い印象だった。院内にはコンビニがあったり、ＡＴＭがあったりと、父さんの冒険心はくすぐられる。

それにしても、世の中にはなんらか患っている人がいかに多いことか。この日の外来患者数を示すプラカードには３０００人を超える数字が記されていた。まあ、眼科とかにかかる人ももちろん大変だろうけれど、「腫瘍外来」にかかる父さんほどではないだろう、なんて自分本位なことを考える。

新患の受付を済ませ、３階に上がる。ここから名前を呼ばれるまでの約30分が異様に長く感じられた。しかし、お喋りをするという気分でもなく、雑誌をパラパラとめくりながら、母さんと無言の時を共有する。

「花木さん、お入りください」

ついに呼ばれる。

診察室のドアをノックして開けると、話しやすそうな柔和《にゅうわ》な面立《おもだ》ちの先生で、ちょっと安心した。

早速、前の病院で告知された内容を復唱させられる父さんと、その内容をもとにご自身の話す内容を整理する先生。

その後の触診と検診で、「悪性」であることはやはり疑いの余地はないとのこと。「前の病院の誤診」という僅かな期待が奪い取られた瞬間だった。

「やっぱり駄目か……」と気落ちする。

一方で、リンパ節転移こそあれ、咽頭がん自体は病状が比較的軽いものかもしれない、とがん宣告されて初めてと言っていいほどの希望がもたらされた。期待して裏切られるとショックも大きいが、そういうひと言にすがりつきたくなるほどに、希望の見えない精神的にきつい状態だったからね。こうして落胆《らくたん》半分、希望半分で診察は終わった。

その後、組織を取り、一旦は外に出て、採血《さいけつ》などを行う。

また戻ってきて、今度は次の検査の手配。

父さんの場合、すでにリンパ節に転移してきていることは確実なので、その他の臓器などにも遠隔《えんかく》転移していないか調べなければならない。

CT、MRI、PET／CTという3種類の検査をすべて別の日かつ別の機関で予約を取らないといけないということで、早々に手配が進んでいく。はやる気持ちと、でも真実を明らかにするのは怖いという感情が同居している。しかも、どんな検査かもよく分からないし……。

ちなみに、それぞれの検査の特徴は次の通り。

・ＣＴ……ＣＴはＸ線を使用して体の断面を撮影する検査です。

・ＭＲＩ……ＭＲＩは「磁気共鳴画像法」と呼ばれ、体内に存在している水（水素原子）の状態を画像化する診断法です。Ｘ線を使わない検査の為、放射線被曝もなく体に負担がかからない優れた検査と言えます。またＭＲＩは様々角度から撮影出来る事も大きな特徴です。

・ＰＥＴ／ＣＴ……ＰＥＴ検査は、ＣＴ・ＭＲＩなどのように組織の形態を画像化するのではなく、細胞の代謝を画像化する検査です。がんは一般的に糖代謝が活発であるため、専用の薬を用いたＰＥＴ検査での検出が可能になります。しかし、ＰＥＴ検査は万能ではありません。ＣＴやＭＲＩで得られる形態画像と併せることでさらに高い精度が得られるのです。従来、ＣＴ検査とＰＥＴ検査は、それぞれ別に撮影していたため時間差があり、検査姿勢も同じにはならないという問題がありました。その問題を解決したのがPET／CT装置です。PET／CT装置では、代謝画像と形態画像を一度の検査で取得するため、検査時間差・姿勢の差異による部位のズレを防ぐことができ、とても精度の高い診断画像が得られます。

【出典：四谷メディカルキューブHP
URL: http://www.mcube.jp/about/equipment/】

話を元に戻そう。

MRIに関しては当日18時半から近隣の機関で受けることになった。

子どもたちの面倒を見ないといけないだろうからと母さんには帰宅を促《うなが》すも、この日は最後まで付き合ってくれるという。こんなに長く二人だけでいるなんて、君たちが生まれてからはなかった気がするよ。昔と同様、あまり喋ることはなかったけれど、なんだかタイムスリップしたような懐かしさがあったな。

ほぼ丸一日を使った長い長い一日。
お迎えを含め、君たちを預かってくれたおじいちゃん、おばあちゃんにこの日も感謝です。

◆

このところ何をやっていても楽しくないし、集中できない。気持ちがざわついて落ち着かない。週末に、君たちよりも大きい子どもたちを連れた家族を見たときは、「自分はこの子たちがあの時分《じぶん》になるまで大丈夫だろうか」と暗い気持ちが心を占めた。

12月に入り、街はクリスマスムードで溢れている。そんな楽しげな雰囲気に包まれることなく、父さんたちはまたも大学付属病院に向かう。足取りは重い。

諸々の検査が終わって、迎えた12月5日。いよいよ確定診断の日。遠隔転移はあるのか。まさかの余命宣告をされてしまうのか。

俳優の村野武範さんは、この2年前、父さんと同じ中咽頭がんで、しかも遠隔転移があり、診断時は余命幾ばくかと言われたのだそう。

結果的には、先進医療である「陽子線治療《ようしせんちりょう》」という方法を用いて、奇跡の復活をされたのだそうだけれど、自分も最悪その診断結果を突きつけられるかもしれないのだ。

最悪の事態は想定しつつも、そうならないよう祈るばかり。

前回の診察中、先生に最近眠れないことを伝えると、睡眠導入剤を処方してくれた。薬にはあまり頼りたくなかったので我慢していたのだけれど、前日は、不安が頂点に達していたため、生まれて初めて睡眠導入剤を飲んだ。

母さんとは最寄り駅の出口で待ち合わせをし、予約していた時間よりも随分《ずいぶん》と早く病院に到着した。時計を見ると14時16分。検査結果を聞くまであと1時間ちょっと。

すでに体にあるものが何か、その事実を知らされるだけ。気づくのが遅ければもっと大変なことになるのだから、悪いことは何もないはずなのに、「知りたくない」という相反する想いも拭《ぬぐ》えない。

こんなことがあと何年も続くのかと思うと、辟易《へきえき》してくる。父さん、何か悪いことしたのかな……。

でも、くよくよしていても仕方がない。事実から目をそらさず、前を向くしかない。遠隔転移、どうかありませんように……。

◆

1時間後…………。

命拾いした……。遠隔転移はなかった……。診断はステージⅣａ。がんの進行度合としては４段階中最も進行していると言われている４番目。でもその中では軽い方で、転移は頸部リンパ節２個でなんとか食い止めることができていた。診察室を出た父さんと母さんはようやく深い呼吸をすることができた。

診察室に呼ばれ、促された席に着いたとき、一瞬の静寂《せいじゃく》が流れた。父さんは息ができなくなるほど緊張しており、かつ、先生のＰＣの画面を見られないくらいビクビクしていた。先生の歯切れの悪さが、最悪のケースを予想させたのだ。「遠隔転移」「ステージⅣ末期」「余命宣告」という最悪の展開を想像していたので、それを考えれば、まだ余裕のある内容だ。診察室を出て、付き添ってくれた母さんにそのことを伝えたら、こらえていた想いが涙とともに溢れ出てしまったようで、申し訳ないことをした。口にはしていなかったが、やはり母さんも父さん以上に不安な日々を送っていたんだろう。

でも、これなら抗がん剤と放射線の組み合わせで恐らく治せるのではないかとのこと。もちろん病院の先生なので、「絶対」とは言ってくれなかった。言ってほしかったけれど。

広島の実家にも即連絡を入れた。事前に一度電話で、「どうやらがんになってしまったらしい」ということは伝えていた。距離的に遠いので、詳細は電話かメールで報告することにしていたのだけれど、やはりおじいちゃん、おばあちゃんの一番の気掛かりも遠隔転移だった。「ステージⅣ」という響きにはやはり動揺した様子だったものの、最悪のストーリーを回避できたことを伝えると、安心

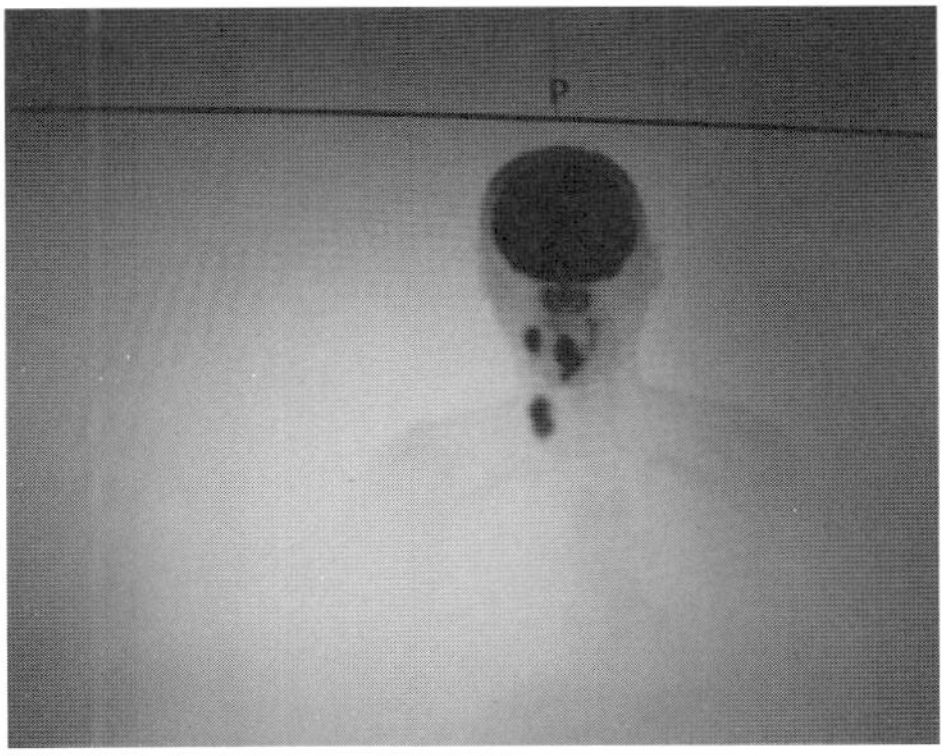


PET / CT の画像。咽頭に1個、
頸部リンパ節に2個黒い影が見える

してくれたようだ。

帰り際、母さんと駅前の喫茶店に入り、スイーツで乾杯した。ステージⅣで乾杯というのもどうかと思うが、この日までの苦悩を思うと、何か区切りになることをしたかった。

また、この日は奇《く》しくも父さんたちが付き合い始めた記念日ということで、クリスマスも近いことから、急遽《きゅうきょ》その足で地元に戻り、プレゼントを買いに行った。

母さんには心配かけていたし、これからもそうなるだろうし、ということで、少しでも母さんが元気になってくれればという想いからだった。

このときのスイーツの味は
忘れられない

店から流れてくるクリスマスソングと、君たちのいない二人だけの空間。

この日から、「ステージⅣのがん患者」になってしまったけれど、一方で少しばかり人並みの幸せを感じることができた一日でもあったんだ。


がん告知を受けた週の父さんの日記にはこう綴られている。


（前略）

これまでの仕事を一旦手放す決心がようやくついた。

やはりこれまで必死に頑張ってきた仕事。簡単には諦《あきら》めたくない。

一時的に穴を開けたとしてもまた元の仕事に戻る前提でさまざま引き継ぎの方法を考えるのが筋ではないか。

そう思う自分が、逆に治療に向けた足かせになっているのかもしれないと周囲と話しながら感じ始めていた。

悔しい気持ちもある。諦めたくない。

「あの1月の案件なんですけど……」とせっかく社内で声をかけてもらっても、もう自分ではその仕事を請け負えないという得も言われぬ無念な気持ち。大変ながらも日々仕事に邁進している同僚が正直うらやましい。

でも、もう結果はほぼ出たのだ。

未練を断つ。そして、新しい自分を目指す。

来週、その宣言をするつもりだ。

(以下、略)

◆

こうした葛藤を経て、なんとか仕事に一区切りをつけ、12月9日から休職に入ることになった。

幸い、医療関連の職場ということもあり、情報は豊富かつ、治療と就労の両立支援制度も充実していて、さらには、大勢の人から「待っています」「負けるな」「また一緒に仕事をしましょう」などと声をかけてもらった。

同じがん罹患社員と言っても、人によっては、上司にも周囲にも伝えられず自分で抱え込まざるを得ない、という方も少なくないそうだ。そう考えると、父さんは、この安心感のある環境に、どれほど助けられたことか。

また、とあるデータによると、就労期間中にがんになる人は、今や全がん患者の3人に1人もいるというのに、その中で「がん宣告＝退職」という判断をしてしまったり、そうせざるを得なかったりする人が、なんと3割以上もいるのだそうだ。でも、職場に支援体制があり、本人ができるだけ冷静に判断すれば、そういった損失は未然に防げる。自分がそういうモデルになれればとも思い始めていた。

最終日には、編集を担当していた全社員向けメルマガを通じて病名を公表し、休職に入ることになった。事前に個別に伝えていなかった人は、もしかしたら少なからず驚かれたかもしれないけれど、数百人の社員一人一人に個別に連絡するだけの時間がこのときの父さんには残されていなかった。

でも、悪いことをしているわけではないし、オープンにして、堂々と治療に入りたかった。これも青臭い判断と言われかねないけれど、父さんは公表して良かったと思っている。それだけ多くの人たちから応援してもらえるようにもなったしね。

それにしても、待っててくれる人がいる職場があるというのは本当に有り難いものだ。それがモチベーションとなり、治療に取り組むことができる。逆に、先行きが不透明だったらどうだろう。自暴自棄《じぼうじき》になってしまっていたかもしれない。

自分は恵まれていたんだな。病気になってみて改めて感じたことだ。

# 第2章　窮地《きゅうち》を救ってくれた東日本大震災復興応援活動

## 2―1　失ったものと手に入れたもの

第1章では、がん宣告の経緯を伝えてきたけれど、この章では少し時を巻き戻して、がん判明以前に父さんが取り組んできた活動を紹介させてほしい。

今回のタイトルにもある「青臭い生き方」を、父さんがいつから身につけたのか、またその生き方がどのように今回の窮地を救ってくれたのか。


父さんの人生の転機といえば、間違いなく、２０１１年に起きた東日本大震災であり、その年から始めた復興応援活動だ。

あのときから父さんは、「人生何が起きるか分からない」、だからこそ、「やりたいことはやれるときにやっておく」ということを脳裏に刻み、7年間活動をしてきた。

3・11を忘れないというメッセージを浸透させるべく、メルマガ、フェイスブックページ運営、チャリティTシャツの制作・販売やフルマラソン走破、富士山登頂など、実現可能性が低くともやりたかったことに挑戦し続け、2015年には、自身の目標の中で最も実現が難しいと思われた商業出版にも漕《こ》ぎ着けた。

こうした活動が、世間から見ると正しいことだったのかどうかは分からないけれど、がんを患ってみて、一つだけ確信したことがある。それは、「やっておいて良かった」ということだ。

まさか7年後にがんを告知されるなんて思ってもみなかったけれど、もし今回のがんが仮に末期のものだったとしても、この7年間の取り組みをやっておいたことで、父さんの後悔は少なかったように思う。

確かにがんになってしまったことで、当たり前だと思っていた健康は失われてしまった。一旦消滅したものの、再発や転移の不安は今後も父さんに付きまとうだろう。今もなお、朝目が覚めたときに、「がんになったことが夢だったらいいのに……」と思うことだってある。

一方で、自分の人生をじっくりと振り返り、すべてとは言わないまでも、ある程度これまでの人生を肯定する機会を手に入れることができたのも事実だ。また、少しずつだけれど、がん患者の視点、言うなれば弱者の視点でものを考えられるようにもなってきた。

そう思えば、病気や逆境は捉え方によっては、悪いことばかりじゃないということが分かってもらえるだろう。

君たちも大人になるにしたがって、逆境や挫折に向き合うことも増えてくるはずだ。そのときは一度立ち止まって、「それによって得られること」にも目を向けてみてほしい。きっと逆境や挫折に向き合う前には見えてこなかった景色が見られると思うから。

## 2―2　もう一人の父さんは意外と冷静だった

かの震災から3ヶ月後の宮城県石巻市に入り、父さんの人生観は180度変わった。

ここで父さんは、「人生、いつ何が起きるか分からない」、「だから、今日一日、やれることを精いっぱい、悔いなくやる」ということを学び、本業の傍ら、7年間さまざまなことに取り組んできた。

そんなさなかの2017年11月、「人生、いつ何が起きるか分からない」が、ついに自分の身にも降り掛かってきたというわけだ。

まさかのがん宣告。38歳の働き盛りの父親としてこれからまだ数十年、当然健康体で生きていくだろうと漠然と考えていた自分の未来予想図が、崩れ去った瞬間だったよ。

なんで復興応援活動を頑張ってきた自分が、こんな目に遭わなければならないのか。宣告直後は、寝るのが特技の父さんでさえ、悔しさと恐怖でほとんど寝られなかった。

しかし日が経つにつれ、父さんの中で、相反する想いも生まれてきた。

「将来への不安は確かにある。家族や周囲にも心配をかけている。でも、少なくとも、ここまでの人生に悔いはない。やりたいことはやってきた。家庭も築けたし、本も出せた。すでに何があっても、残せるものがある」

意外と冷静な自分がいたんだよね。

父さんは、復興応援活動を通じて、自分のかつてやりたいと思っていたことにもチャレンジしてきたわけだけれど、もしやりたいことを先延ばしにしていたとしたら、この心境にはなれなかったかもしれない。

もちろん、治療中は挫けそうになってばかりだったし、今も再発・転移のリスクに気が気でないこともある。この先もまた君たちや母さん、周りの皆さんに迷惑をかけてしまうこともあるだろう。

でも、明日は何が起きるか分からないのは、これまでもこれからも一緒。それなら、どんな境遇であれ、その日その日を精いっぱい悔いなく生きることを続けていけばいいのだと、今はできるだけ自身の原点に立ち返るようにしている。

そして、一度、その心境に立ち返れば、今、小さな君たちと一緒に生きていられること自体がとても有り難いことに思えてならないんだ。

## 2―3　これまでの自分は正しかったのか、今こそ試してみるとき

治療を始めるにあたって、父さんにはある疑問があった。それは、自分のこれまでの生き方は果たして正しかったのか、このまま続けていていいのか、ということだ。

やってきたことに悔いはないと思っていた。でも、そのスタイルを貫いた結果、病気になってしまったことも事実だ。がんの場合、免疫力の低下が罹患原因にも

なってくるため、一旦治ったとしてもまた同じような生活スタイルを繰り返していては、同じことが起きてしまうリスクが残る。

・生活スタイル
・人間関係
・ストレス対処法
・心身のケア
・ものの考え方
・優先順位　など

治療中にこそ、こうした事柄について、もう一度自分の中で整理して、何を続けるべきか、そして何を変えるべきかということを見極める必要があると感じていた。

一方で、何があろうと変えたくないものもあった。それは、「青臭い生き方」そのものだ。これまで散々青臭いことを言い、実行してきたのに、いざ自分が窮地に立ったらそれらを手放してしまうのか。それとも、これまでの生き方を貫くのか。父さんは後者でありたかった。そして、できるところまで青臭くやってやろうじゃないかと思ったんだ。

君たちにいずれ逆境や挫折に立ち向かうときが来たら、一度考えてみてほしい。何を続け、何を変えるべきなのか。そして、苦しいときこそ、簡単に楽な方に流されないでほしい。

## 2―4　One for all, All for one

「これだけは譲《ゆず》れない」と考えていた信念がもう一つある。それは、「One for all,

All for one」という考え方だ。

一人はみんなのために。みんなは一人のために。

父さんは、復興応援活動においても、この考え方をずっと持ち続けてきた。

大変なときは助け合う。困ったときはお互い様。

そうやって手を取り合っていくことで、少しでもみんなが気持ち良く生きていける世の中になっていけばいいなと微力ながら活動してきた。

でも、これまでの活動は、あくまでも首都圏の安全な場所からの守られた中で

メッセージが書かれた
チャリティＴシャツ

の活動だった。

今回は違う。「ステージⅣのがん患者」という、まさに生命の危機に陥ってしまった。がん告知直後は、50%以下という5年生存率に愕然《がくぜん》としてしまったよ。正直、これまでのように信念をもって生きていくということが、バカバカしく思えたこともあった。だからといって、父さんがこの信念を曲げてしまったらどうなるだろうか。

「結局、あいつのやってきたことは綺麗事《きれいごと》だったんじゃないか」

「いざとなったら自分のことだけで精いっぱいなんじゃないか」

と思われかねないだろう。

「病気になってしまったらもう誰も助けられない。やめてしまおう」。確かに心が折れてそう思いたくなる気持ちもゼロではなかった。でも、父さんはどうしても諦めたくなかった。

「これは神様が与えてくれた試練《しれん》。逆境に立たされたときにこそ、本当の力が試されるんだ」

そう思い、父さんは、たとえ病気であってもみんなのためにできることを模索《もさく》してきた。

「きっと何かあるはずだ。こんな自分にもできることが」

そう言い聞かせながらね。

# 第3章　逆境をはねのける力は、青臭い生き方の中にこそあった

## 3―1　人生最大の逆境

今回の病気は、父さんにとって「人生最大の逆境」と言っても決して言い過ぎではないほど、インパクトの大きなものだった。過去、これといった病気をしたことはなく、また、人生全般や学校、仕事などにおいても、生命を脅《おびや》かされるほどのことは一度もなかったからね。育った家庭環境も、ごくごく普通だったと思うし。

でも今回は違った。人生の終幕をこれほど身近に感じたことはなかった。たとえるなら、これまではハイヤーやタクシーで安全に人生という一般道路を運んでもらっていたのが、突如、運転したこともまったくないのに、むき出しの250ccのバイクで高速道路を時速80㎞で走らなければならなくなった感じだろうか。バランスを崩して倒れたりしようものなら、即後続の車にひかれてしまう。そんな緊張感が、治療中、常に頭の中にはびこっていた。

そういう意味で、これまでの父さんは非常に「守られた存在」かつ「打たれ弱い存在」だったともいえる。大きな逆境を乗り越えた経験がないわけだから、そもそも免疫がない。もう少し段階的に試練が来てくれればいいものの、人生思い通りにはいかないね。

とにかく、はからずも父さんは、この生命を脅かされるような病気に挑むことになってしまったわけだ。

でも、父さんは一つだけ、この逆境を乗り越えるための武器を予《あらかじ》め手にしていた。その武器がなかったら、今の父さんはなかったかもしれない。

それが何なのか。これから紹介していこう。

## 3—2　支えになったのは、青臭い生き方

父さんの唯一の武器。それは、東日本大震災の復興応援活動で身につけた「青臭い生き方」に他ならない。

「青臭い」を辞書（大辞林第三版）で調べると、「未熟である。世間の実情をよく知らない」といったように書かれているけれど、父さんは、よりポジティブに捉え、「あえて世の中の空気を読まない」という意味で定義している。

そう、父さんは7年間、この情報化社会において、世の中の空気をあえて読まないようにして、活動に取り組んできたんだ。

その経験が、今回の逆境に打ち克《か》つ武器になって、父さんを助けてくれた。

君たちは知らないかもしれないけれど、東日本大震災発生直後、この国には、「今、何ができるか」という問いかけが溢れていた。個人的に募金やボランティアをしたり、NPO団体や多くの支援グループが生まれたりした。一人一人が、被災地の方々のために、できることをできる範囲で行い、その姿勢は他国の模範にもなっていたほどだ。

父さん自身も、個人的にメルマガ発信を始めたり、チャリティTシャツの制作・販売を通じて寄付金を集めたりと、独自の活動を行っていた。

でも、1年、2年と経過していくうちに、世の中の空気が徐々に変わってきていることに父さん自身気づかずにはいられなかった。

同じように応援を呼びかけているのに賛同が得られにくくなったり、知人らと話していても、震災のことに話題が及ぶと、「何？　今さら復興支援？」といった空気を感じることがしばしばあったり。実際、企業の支援やボランティ

チャリティTシャツを着て
マラソンを走る著者

ア団体の数が年々減っていったのは周知の事実だ。

　正直、父さんもその世の中の空気に飲み込まれそうになった。

「自分一人でやれることなどたかが知れているし、これまで活動を通じて発してきた『夢』『感謝』『思いやり』『応援』『利他の心』といった言葉も青臭いと言われる始末。ここが引き際か」

　夜な夜なリビングでメルマガの原稿を書きながら、何度そう思ったことだろう。でも、父さんは歩みを止めなかった。確かに活動自体も、伝えるメッセージも洗練されてはいないかもしれない。でも、被災地でそれらが必要とされている限りは、賛同者が一人でもいてくれる限りは、世の中の空気を無視してでも発信し続けよう。

　そう考え、メルマガ、フェイスブック、ブログ、書籍などによる発信を続けたんだ。

　もちろん、言行一致していなければ説得力が生まれないので、発信する以上は自分自身もその手本となるよう努めた。一日一日を無駄にすることなく生き、手助けが必要な人がいればできるだけ手を差し伸べられるよう勇気を振り絞った。無名の一般人ができることなど確かに限られているけれど、とにかく始めた以上は続けられるところまで続けようという気持ちだった。

こうした7年間の取り組みが、がん治療に取り組むことになった父さんの力になってくれたんだ。

もしこの7年間がなかったら、父さんは治療の途中で挫折していたかもしれない。いや、きっと挫折していただろうね。

## 3—3　お手本は、元サッカー日本代表選手

君たちは「ドーハの悲劇」っていうのを知っているかな。1994年FIFA

ワールドカップアメリカ大会アジア最終予選で、あと一歩のところで日本代表が本大会出場権を逃した歴史的試合のことだ。

では、そのとき中心的役割を担っていた選手が誰か分かるかな。1998年FIFAワールドカップフランス大会の日本代表候補として、最後の最後にメンバー漏れしてしまった選手、と言い換えてもいい。

そう、その選手の名は、三浦知良《みうらかずよし》、通称カズ。50歳を超えてもなお現役を続ける日本サッカー界のレジェンドだ。

カズ選手は、幼い頃からワールドカップに出ることを目標にしていた。15歳で単身ブラジルに渡り、「サッカーの下手な日本人」と馬鹿にされながら、逆境にも負けずにプロの道を自らの力で切り開いた、日本サッカー界におけるパイオニア的な存在だ。

そして、脂が乗った23歳で日本に戻ってくるや、Jリーグの創設期に、当時アジアでも地位の高くなかった日本サッカー界の興隆に大きく寄与。国内外の大会で、優勝や得点王、ＭＶＰといった数々のタイトルを次々と手中に収めていった。

当時中学生だった父さんも、カズ選手の放つ爆発的なエネルギーに、「あのテレビでしか見られないと思っていたワールドカップに、本当に日本を連れて行ってくれるかも……」というささやかな夢を抱かせてもらうことができたんだ。

でも、最大の目標だったワールドカップは、カズ選手の目の前で、するりとこぼれ落ちてしまった。

１９９３年には１９９４年アメリカ大会の出場権を目前で逃し、１９９７年にはチームとしては初の出場権を手にしたものの、自身はギリギリで１９９８年フランス大会22名のメンバーから漏れてしまったんだ。

その後も、衰《おとろ》える決定力、若手の台頭《たいとう》などもあり、未だカズ選手は本大会出場を果たしてはいない。

それでも、ベテランと言われ、日本代表はおろか所属チームでもレギュラーから外されることが増えてきた30代以降になっても、カズ選手は事あるごとに、「目標は代表復帰、ワールドカップ本大会出場」と口にしていた。

決して現実的とは言えないそのコメントに、周囲の冷ややかな目もあったことと思う。

そして50歳を超えた今もなお、同じようなことを口にしている……。

◆

昔の父さんは、人生最大の夢を叶《かな》えられていないカズ選手を不幸な選手だと思っていた。

あれほど望み、口にし、努力を続けていたのにもかかわらず、それでも夢は叶わない。父さん自身にとって、現実の厳しさを見せつけられた出来事でもあった。

「あー、人生って頑張ってもうまくいかないんだな。あのカズ選手ですらそうなんだから、高校の部活でさえ続かなかった自分なんてどんなに頑張っても夢なんて叶いやしないな」

大学時代や社会人数年目くらいまでの父さんは、そんな諦めの境地に立っていた。そして、そのことを言い訳に、目標も立てず、たいした努力もせず、日々を刹那《せつな》的に生きていた。「人生、辛いのや面倒なのはいやだし、その日が楽しければいいや」くらいに思っていた。

でも、今は少し違う。「もしかしたら、まだ夢を夢のまま持ち続け、そこに向かって努力し続けることのできているカズ選手こそ、本当の意味で幸せな選手なのではないだろうか」と心から思えるようになったんだ。

家宝ともいえる
カズ選手のサイン

夢があるからこそ頑張れる。カズ選手にとってワールドカップは、「叶わなかった夢」ではなく、「まだ途上にある夢」。

過去形ではなく現在形であり、さらに言えば、もはや叶うか叶わないかすらも、大した問題ではないように思える。

そして、このように良い意味で「青臭く」生きているカズ選手は、父さんにとっても生きるお手本になっているんだ。

未来の君たちには、こう言われるかもしれない。

「スポーツの世界とそれ以外の世界とでは違うでしょ」と。

確かに、華やかさやドラマ性を併せ持つスポーツの世界は、一般社会と異なる部分が多いかもしれない。でも、どんな世界の出来事であっても、その他の世界に応用できるところが必ずある。カズ選手の生き方を自分自身の活動や闘病に応用させてもらった父さんが良い例だ。

その具体例を今から順を追って紹介していくつもりだ。

## 3―4　本当のピンチには、小手先のスキルや知識は通用しない

今回、父さんが受けた治療は、抗がん剤を使った化学療法と、病巣《びょうそう》に放射線を照射《しょうしゃ》していく放射線療法と呼ばれるもので、それぞれ２ヶ月間の計４ヶ月間の治療だった。

いずれもさまざまな副作用があり、その辛さから、治療を途中でやめてしまう人も少なくないと聞く。

父さん自身も、一日一日治療を受け、副作用に耐えるだけで精いっぱいだった。周囲への配慮とか、そんなことに目を向ける余裕はなく、ただただ自分のことだけ。入院中、母さんが幼い君たちを連れてお見舞いに来てくれても笑顔ひとつ返せなかったときなんかは、さすがに自分で自分のことがいやになったよ。

でも、一つだけ誇れることといえば、その都度《つど》、青臭い生き方を思い出し、実践《じっせん》することで、目の前の辛さをできるだけ主体的に乗り越えることができたという点だ。

向かってくる辛く苦しいことをただ受け身的に耐えるだけでなく、率先《そっせん》してピンチに向かっていき、乗り越える。そのために本当に必要なのは、副作用の軽減方法といった小手先のスキルや知識ではなかった。そういった枝葉末節《しようまっせつ》的なものももちろん持っているに越したことはないけれど、本当に必要なのは、もっと根幹にあるもの。それこそが、父さんにとっては青臭い生き方だった。

あえて世の中の空気を読まずに活動してきた父さんにとって、闘病生活は幸いにもこれまでの経験を実践に役立てる上で、もってこいのフィールドだったというわけだ。なぜなら、回復の見込みがあるとはいえ、宣告されたのはステージⅣ。生死がかかっているわけだから、人の目を気にしている余裕はなかったし、何より自分の意思で自分のモチベーションを上げるしかなかった。もちろん、家族や親族、知人友人の多大なるサポートはあれど、それらを活かすも殺すも自分の心の持ちよう次第。

これは何も闘病に限ったことではないね。ビジネスシーンであれ、その他のシーンであれ、逆境に立ち向かう以上、重なる部分も少なくないはずだ。

もう一つ、事前準備の大切さも挙げておきたい。

いざというときには、普段以上の実力はなかなか出せないものだ。たとえばビジネスシーンにおいて。準備をしていなければ、急に指名されたプレゼンをうまくこなせるはずがない。また、スポーツのシーンでも、普段きちんと練習をしていなければ、突然訪れた出場機会で活躍することは難しいだろう。

父さんの場合は、がんが判明してからというもの、視野や行動力が一気に狭まり、それに伴ってフラストレーションがたまり、普段できていたことの3～4割くらいしかできなくなった。そして、その3～4割というのが、日頃から取り組んでいた青臭い活動をはじめ、父さんが養ってきた真の力ということになる。そう考えると、普段からいかに標準レベルを上げておけるかが大事になってくることが分かるし、父さん自身まだまだ準備不足だったことは否めない。

感情のコントロール、ルーティーンを繰り返す習慣力、ポジティブシンキング、そして青臭い生き方など、逆境や挫折に立ち向かうにあたって、ぜひ未来の君たちには今から養ってもらえたら、この本を書き残した父さんにとっては本望だ。

# 第4章　そうだ、公表しよう

## ～青臭い生き方その①　応援があれば、乗り越えられる～

## 4―1　母さんからの後押し

本章からは、父さんが東日本大震災の復興応援活動で身につけ、がん治療中に実践した「青臭い生き方」の具体事例を紹介していこうと思う。

まずは、がん宣告後、治療に入るまでの出来事から。

父さんにとって、復興応援活動とは、まさに、「被災地の方々を応援する」ことに他ならなかった。応援とはいっても、物資を提供したり、現地に行って直接ボランティアをしたりすることは、物理的に難しい状況にあったから、基本的には精神面における支援をしていたつもりだ。

メルマガやフェイスブックで、「皆さんのことを忘れていませんよ」というエールを送ったり、自らフルマラソンを完走することで現地の方々に勇気を与えたり、ということに取り組んでいた。もちろん、それら活動が、どれだけ被災地の方々のお役に立てていたかは定かではない。かえって煩《わずら》わしいと思われていたこともあったかもしれないしね。

一方で、応援活動をしていた父さん自身、逆に、さまざまな方に応援してもらった7年間でもあった。

「花木さん、いつも見ています」

「頑張ってください」

「何もできないけど、エールを送ります」

このような、個人的な応援メッセージが届くたびに勇気をもらい、もうちょっと頑張ってみよう、という気持ちになったものだ。

君たちもこれから味わうだろう。学校の持久走大会で「もう駄目だ」と思っていたら、沿道からの応援によって、最後の力が湧いてきた、なんていう経験を……。深夜、試験勉強をしていて、眠くて仕方がなかったけれど、母さんが夜食を持ってきて励ましてくれたおかげでもう少し頑張ろうと思えた、なんていう経験を……。

「そんな精神論で逆境に打ち克てれば苦労しないよ」と思うかな。

でも、現実に、父さんは、多くの方から応援をいただくことで、そのことを励みに苦しい治療に耐えることができたよ。もしそれらがなければ、どこかで絶対に挫折をしていたと断言できるほどだ。

「応援があれば、乗り越えられる」。青臭いようだけれど、このことは間違いなく、君たちがこの先逆境に打ち克つ力にもなるはずだ。

## 4—2　ブログ開設

では、父さんは今回、どのようにして、自分を応援してもらう仕組みを作ったのか。それは、ブログによる病気の公表だった。

第1章でも書いたとおり、宣告を受け、さらに確定診断を受けるまでは、自分の身がこの先どうなるか分からなかったし、自分の中で、生と死が日々鎬《しのぎ》を削っているような不安定な精神状態だったから、とても公表どころではなかった。

でも、「このままでは不安に押しつぶされる」と思い、もし回復の可能性があると分かったら、その時点でこの病気を公表し、治療の体験を世の中に共有していこうと考えるようになった。

そして、診断の結果、ステージⅣながら致命傷には至っておらず、治療次第では十分に回復の見込みがあると医師から告げられたとき、父さんは意を決した。公表しよう、と。

もちろん、常識的に考えれば、まだどんな治療をするかも、本当に治るのかも分からない中で、不特定多数の方に病気のことを知られるのはリスクのあることだったかもしれない。実際、「やめたほうがいい」というアドバイスも受けたしね。父さん自身悩み、母さんにも相談した。

それでも、最終的に、「やはり世の中に公表しよう」と決めた。

今だから言えるけれど、もし父さんが独り身で、母さんや君たち、おじいちゃん、おばあちゃんたちがいなかったら、父さんはがん告知された時点で、生きる意味を見失ってしまっていたかもしれない。こんな辛い思いをして、苦しい治療をするくらいならいっそのこと……とはやまっていたかもしれない。母さんや君たちの存在が、父さんを支えてくれていたんだ。

　そうして死ぬほど辛い思いをして家族でがんという現実を受け入れてきたわけだから、それを思えば周囲に知られることくらい怖くはないし、むしろ、多くの人にこの現実や父さんや母さん、周囲の抱いている思い、これから起こる出来事などについても知ってもらいたいと思った。もしかしたら、これからがんになる人やその家族、実際これから治療を受ける人たちの役に立つかもしれないし、今、健康な人にとっ

職場の皆さんからも
応援メッセージをいただいた

ても、健康の有り難みや一日一日の大切さを感じるきっかけになるかもしれないしね。

「普通」や「平凡」をこよなく愛する母さんも、今回ばかりは、「あなたのモチベーションになるなら」と、公表について心から賛同してくれた。

こうして、父さんはブログ発信を始めることになったというわけだ。結果として、大勢の方に、自分の近況を知っていただき、その都度応援メッセージをいただくことができた。

「一人じゃないよ」

「あと少し。頑張って」

「良くなったら、美味しいものを食べに行きましょう」

こうしたひと言ひと言が、倦怠感や痛み、吐き気などに苦しむ父さんにとって、どんなに心強く、励みになったことか。

そして、皆さんと想いを分かち合っているという事実こそが、明日の治療に向かう何よりのモチベーションになっていたんだ。

## 4―3 自分をさらけ出す

応援してもらうためには、自分自身の状況を真摯《しんし》に伝えなければならない。でも、自分自身のことを伝えるのは、一般的に勇気が伴うこと。特に、逆境下においては、自分の弱みを打ち明けることにもなるので、未来の君たちはそのことに対して抵抗感を持つかもしれないね。「なぜ今辛い状況にいるにもかかわらず、さらに弱みまでさらけ出さなければならないのか」と。

でも、少し考えてみてほしい。もし君たちが、自分自身の置かれた状況を真摯に伝えることができれば、多くの方がそんな君たちを応援してくれるんじゃないだろうか。

「ジョハリの窓」を知っているかな。自分をどのように公開し、隠蔽《いんぺい》するか、コミュニケーションにおける自己の公開とコミュニケーションの円滑な進め方を考えるために提案されたモデルだ。

ジョハリの窓には、自分も他者も知っている自己の「開放領域」、自分は知っているが、他者は知らない自己の「隠蔽領域」、自分は知らないが他者は知っている自己の「盲点領域」、誰からも知られていない自己の「未知領域」がある。

そして、自分の知っている自分にまつわる事実を、その事実を知らない人に伝えることを「自己開示《かいじ》」といい、自己開示をすればするほど、二者の関係は発展すると言われているんだ。実際、君たちが他者からその人しか知らないことを自己開示されたとしたらどうだろう。その相手に対して信頼を示し、君たちも少しずつ心を開くようになるんじゃないかな。

父さんも、自己開示をすることで、結果として多くの方の応援をいただくことができ、その力をエネルギーに変えてきた。

逆境時こそ、一人ではなく、支え合って乗り越えていく。それこそがまさに、父さんの提唱する青臭い生き方だ。

若いときは、自分をさらけ出すのはなかなか難しいことかもしれない。恥ずかしさやプライドもあるだろうしね。だとすれば、気が置けない友人や信頼できる人だけにでもいい。まずは正直に、真摯に、自分の状況を話してみてはどうだろうか。もちろん、未来の父さんに話してくれてもいいけれど、それはさすがに恥ずかしいかな。

## 4—4　なぜ実名で公表したのか

父さんは、ブログを実名かつ顔出しで発信してきた。人によってはペンネームで公表する場合もあるかもしれない。

では、なぜ父さんは実名かつ顔出しで公表したのか。

さかのぼればそれは7年前。東日本大震災の復興応援活動を始めた頃からになる。

忘れもしない3・11の惨状。それに対して、無力感に襲われていた自分。親族が大きな被害に遭ったわけでもなく、ボランティアをしたこともない父さんが、それでも、何か微力でもいいから行動を起こしたいと本気で思った。

さまざまな識者の方の行動や発信内容を参考にしながら、「関東にいる子育て世代のサラリーマン」としてできることを模索した結果、行き着いたのが、メルマガやフェイスブックなどを通じて応援者を募り、文章や自身の行動を通じて東北の方々にエールを送っていくことだった。

被災地にも数回しか入ったことがなく、現地に知り合いもいなければ得られる情報の精度も不確かな中、父さんにできることは、真摯に気持ちを伝えることくらいだった。

だからこそ、実名で顔を出して発信をする必要があった。

被災地の苦しんでいる方々や、生活の拠点を変えてまで支援を続けるような方々には遠く及ばない。だとしても、家族がいて安定した職のある立場であっても、できる限りリスクテイクすることで真摯さを伝えたい、と思った。

それから約7年間、出版を含めて発信はすべて実名で事実のみを語ってきた。それによって、時に誹謗中傷《ひぼうちゅうしょう》を受けた。離れていった友人もいた。「悪いことをやっているわけじゃないのになぜ……」と途方に暮れたこともあった。それでも、信念は曲げずにやってきた。

そう思えば、ブログによる闘病の発信はその延長にすぎず、さらには、手に取るように分かっている自分の身の周りのことをできる範囲で伝えているだけなわけで、父さんにとってはそれほどリスクとは考えていないんだ。

何よりも、君たちを含む家族が、父さんが発信することを応援してくれていることが、父さんの力になっていた。

少し本題とは離れてしまったけれど、やはり「自己開示」という意味でも、実名で取り組んできて良かったと思っているよ。

# 第５章　１２８日の治療生活が始まった

## ～青臭い生き方その②　日々、全力で生きる～

## 5―1　長く苦しい副作用の日々

ブログ公表をしてから程なくして、父さんの128日間に及ぶがん治療がスタートした。

咽頭にある父さんのがんの原発巣《げんぱつそう》は、扁桃腺に近いそうで、また、声帯《せいたい》にも少しかかり始めているということから、今回手術は見合わされた。こうした病状から、まずは抗がん剤で部位を縮小させ、放射線で消滅を目指すことになった。もし、手術をした場合、最悪声の機能にも影響が出かねないらしい。

ちなみに、手術、抗がん剤治療、放射線治療はいずれも「標準治療」と位置づけられ、科学的根拠に基づいた観点で、現在利用できる最良の治療と言われている。

最初に、カルボプラチン、パクリタキセル、アービタックスという3種類の抗がん剤を毎週計8回投与《とうよ》し、その後、放射線治療を平日毎日計35回行っていく。

抗がん剤、放射線といずれも苦しい副作用が待っているということは聞いていた。でも正直、苦しさに振り回される日々はいやだなーと思っていた。できるだけ主体的に、これまで通り日々を全力で生きたいなと。

でも、その期待は、抗がん剤治療1週目から早くも崩れ去ることとなってしまった。

抗がん剤は、通院して半日かけて投与していく。残りの6日間は自宅療養だ。

「これが抗がん剤か。入れても眠気が襲ってくるくらいであとはどうってことないし、自宅でも安静にしていればいいんで

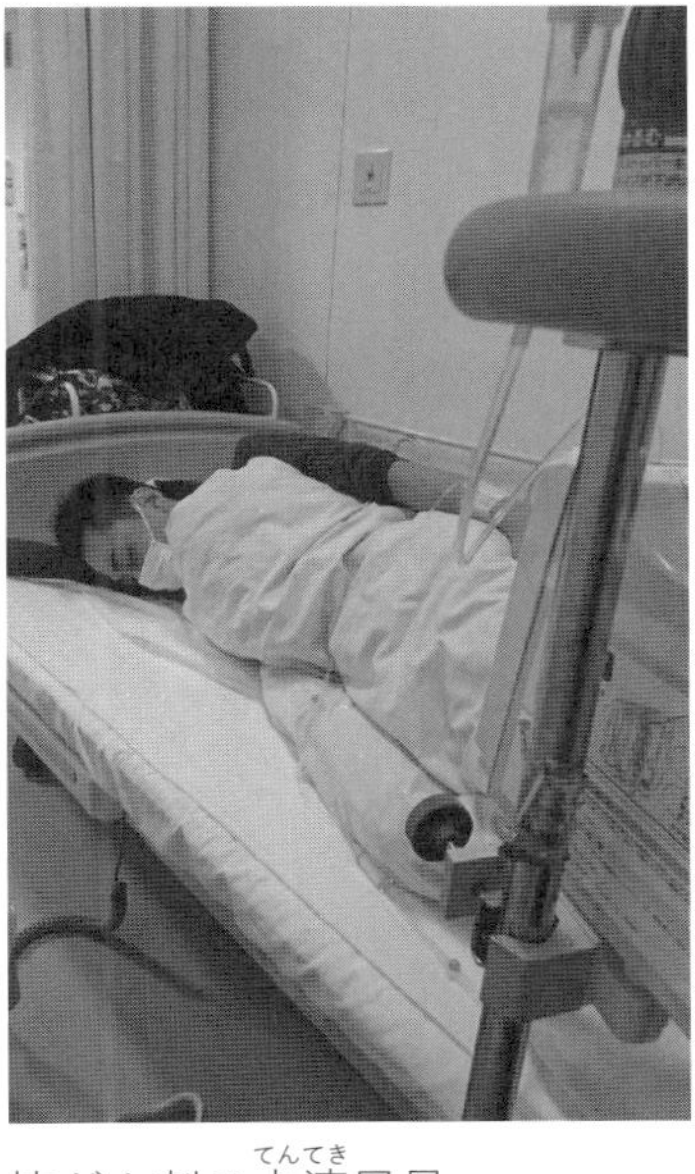

抗がん剤の点滴《てんてき》風景

しょ」なんて投与直後は気楽に考えていたものだけれど、正直、副作用の威力は思った以上だったよ。

投与日の翌々日。まず吐き気やだるさ、節々《ふしぶし》の痛みなどから頭がボーッとしてきて、思考能力すらもまったく働かなくなり、ほぼ一日中布団から起き上がることができなかった。その日以降も数日間は、ベッドから立ち上がることすら困難で、食事も日によってとれたりとれなかったり、とまるで生きた心地がしなかった。２週目以降も週に１日くらいは体調が良い日があるのだけれど、後は副作用に常に悩まされ続け、体を維持していくだけで精いっぱいの日々を過ごしていた。

君たちに分かりやすく言うと、高熱を伴うインフルエンザが毎週ずーっと続いていくようなイメージかな。

こんなので、２ヶ月間の抗がん剤治療を乗り切れるのだろうか……。父さんは布団の中で、先の見えない不安をずっと抱えていたんだ。

## 5―2　明日どうなるかさえも分からない

抗がん剤の副作用の厄介なところは、自分で体調予測ができないことだ。当日起きてみないと、その日の体調がどのくらい良いのか、もしくは悪いのかが分からない。

数回続けていくうちになんとなく、

「投与した翌日は比較的体調が良いかもしれないぞ」

「でも、翌々日は一気に副作用が襲ってくるな」

といったように、おおよその傾向がつかめるようにはなってきたものの、その度合までは分からない。

また、抗がん剤は免疫力を一気に低下させる副作用もあり、そうなると、いつの間にか風邪などの感染症にかかってしまう、というリスクも出てくる。

そんな状況下において、当然先の予定など立てようもなかった。通院は週1回だったから、その他6日間は体調次第では自宅療養という名の自由時間。とはいえ、実際には生きていく上でのルーティーンをこなすだけで精いっぱい。本当に、自分の体が自分のものではないみたいな感覚で、日々を生き抜いていたんだ。

## 5―3　まずは今日一日を精いっぱい

東日本大震災の復興応援活動を始めてから、父さんには心がけてきたことがある。それは、「日々を全力で生きる」ということだ。

明日何が起きるか分からないのなら、目の前の一日一日を全力で生きるしかない、と考えていた。それは治療中も、治療が終わった今も変わらない。もちろん、毎日毎日そんなことを考えるのは面倒だし、手を抜きたくなることだって幾度となくあった。実際手を抜いてしまったことだっていっぱいあるしね。

病気になる前には、本当はその後育児があるのに、「今日はまあいいか」と昼間から母さんに内緒でビールを飲んで楽しんでいたことだってある。

でも、人生は一日一日の積み重ねで成り立っているから、日々全力を出しきっていかないと、いつまで経っても思うように積み上がっていかないわけだ。

「人生はマラソン。もっと気楽に行こうよ」

「楽しまなくちゃもったいないよ」

周囲からそんな言葉をかけてもらうこともあったけれど、父さんの胸の中にはいつも「日々、全力」があった。

ベッドから起き上がるのもひと苦労というほど、副作用に脅かされていた状況下においても、頭さえ働けば、その想いは変わらず持ち続けていた。

そして、健康体での全力には遠く及ばないものの、今、この体でできることを全力でやろうと頭を切り替えていた。

具体的には次のようなことをやっていたよ。

・ご飯をできるだけ毎食食べる
・母さんや親族らに選んでもらった栄養補助剤を欠かさず飲む
・ビタミン摂取《せっしゅ》のため、みかんを食べる
・病院から出された薬を欠かさず飲む
・乾燥しやすい肌を中心に保湿する
・来たるべき副作用・口内炎に備え、食塩水でうがいをする
・来たるべき副作用・虫歯に備え、食後は毎回歯を丹念《たんねん》に磨く
・疲れたら眠り、免疫力を上げる
・入浴などで体を温める

・体温を測り、治療手帳に書き留める
・ネガティブなことや過去の出来事を振り返るのではなく、できるだけポジティブなことや未来に想いを馳せる
・周囲のサポートや応援に感謝の気持ちを持つ
・「一度始めた治療は、最後までやりきる」という気持ちを持ち続ける
・酒は飲まない
・できるだけ笑う。でもこれが最も難しい。元気なときでも父さんは笑うのが苦手なのだ

普段なら当たり前のようにできることも、副作用があると、正直一つ一つが億劫《おっくう》で、モチベーションもなかなか上がっていかなかった。でも、治療を円滑に進めていく上では、欠かせないルーティーンたちだ。ならば、それらを日々全力でやってやろうと。そう決めて、ふらつく足元にもめげずに取り組んでいたんだ。

## 5―4　明日、何が起きるか分からないのは、みんな一緒

日々、全力で生きる。頭では理解しているものの、がん宣告以降の父さんは、挫けそうになることも少なくなかった。

たとえば、がんを患ってしまったため、父さんの場合、死のリスクは、罹患前に比べて格段に高まってしまった。宣告時に調べたデータによれば、5年生存率は50％以下の病気だったし、それだったら、一生懸命生きたって仕方ないんじゃないか……なんて弱気になっていたこともある。

治療が一旦終わった今だってそう。次は再発・転移のリスクが待っているから、時に不安で仕方がなく、眠れなくなったりすることもある。

でも、そんなときは、東日本大震災が起こったときのことを思い返しては、気

持ちを切り替えるようにしているんだ。

震災が起こる日まで、自分がまもなくこの世からいなくなる、または、甚大《じんだい》な被害に遭う、と考えていた被災者の方がいったいどのくらいいただろうか。

生きていれば、明日何が起きるか分からないのは、健康な人であれ、病気を抱えた人であれ、みんな一緒。だとすれば、これまでと同じように、あまり先々を考えすぎるのではなく、目の前の日々を全力で生きていけばいいのだ、と自身の原点に立ち返るようにしている。

これから先、逆境と対峙《たいじ》する君たちはどうだろうか。確かに逆境下に置かれた身は辛く苦しいだろう。早くこの状況から抜け出したい、楽になりたい、と思うかもしれない。でも、それを嘆いていても何も始まらないし、もしかしたら明日何かもっと良からぬことが起きてしまうかもしれない。

だとしたら、今その状況下において、できることをコツコツと取り組んでいったほうが悔いのない道につながると思うけれど、どうだろう。

残念ながら、なかなか近道はない。一歩一歩、一日一日、歩みを進めていくしかない。それでも、全力で生きていれば、万が一不測の事態が起きたときに後悔することは少なくなると思うんだ。

「あのときもっと頑張っておけば良かった」なんていう思いは、できるだけ君たちにも味わってほしくないからね。

## 5—5　目の前のことを丁寧にやる

日々を全力で生きることを取り戻した父さんだったけれど、加えて、「目の前のことを丁寧に取り組む」ということも、治療を通じて学んだ。

知人の紹介で、日本の教育者であり福祉活動家でもあった佐藤初女《さとうはつめ》氏（故人）の『限りなく透明に凛《りん》として生きる』（ダイヤモンド社）という書籍を読み、とても感銘《かんめい》を受けたんだ。

これまでは、「全力＝できるだけ早く、たくさんのことを」と思っていたんだけれど、「これくらいと思うようなことも、積み重なると大きなことになりますから、目の前の小さなことから大切にしていきたいですね」と語る著者の言葉から、一つ一つのことを丁寧に取り組むこともまた大切なのだと思うようになった。

これまでの父さんは、「〜しながら」の行動が多かった気がする。休日、君たちと遊びながらスマホをイジっていたこともあった。また、何かしながらも頭では別のことを考えていたり。これじゃ、本当の意味での全力とは言えないよね。

何気なくやっていた、食べる、身支度する、風呂に入るといった日常生活を、もっと丁寧に、丹念に取り組んでみる。「〜しながら」をできるだけやめてみる。

休職期間が長かっただけに、特に自宅療養中は、「何か勉強しなきゃ」「遅れないようにしなきゃ」と気持ちがはやる時期もあったけれど、結果として、あらゆることに、焦らず、かつ全力で取り組めるようになってきた。

もし君たちに、「全力でやっているのに、なぜか充実感が生まれない」という時期が訪れたときは、加えて丁寧に取り組むことを試してみてほしい。

「忙しいのにそんなの無理だよ」と思うかもしれないけれど、「急がば回れ」という言葉の通り、あえて遠回りをしてみてほしい。

それとそのとき、未来の君たちの目の前にいる父さんが、もしまだ何かしながら他のことをやっているようだったら、そっと注意することも忘れずにね。

# 第6章　がんにも意味がある
## ～青臭い生き方その③　感謝の気持ちを忘れない～

## 6―1　襲ってくる被害者意識

本章では、父さんが治療中に抱いていた不安な想いを、どのようにしてプラスに転換していったのかについて紹介していこうと思う。

まず、がん告知されてから治療中に至るまで、「なぜ俺なんだ……」という想いがずっと頭の中にあった。「こんな不幸に追い込まれるほど、何か悪いことしたのか」と被害者意識に苛まれてもいた。一旦は受け入れたつもりでも、やはり副作用が辛かったり、精神的に追い込まれたりすると、マイナスの感情が頭をもたげてくるんだ。

まだ30代で、20代半ばからはタバコも吸っていないし、お酒だって晩酌はビール1缶程度とそれほど飲んでいなかったつもりだ。至って健康体だと思っていたら、いきなり「ステージⅣの中咽頭がん」を宣告されてしまったわけだから、頭がついてくるはずもない。

がん告知されて、その後検査やら治療機関を探していたのがちょうど２０１７年の暮れ。東京の街はクリスマスと年末ムード一色で、華やかに彩られたイルミネーションやクリスマスにちなんだ音楽に溢れていた。街行く人々もみんなどことなく足取りが軽そうだ。

そんな楽しそうな声が聞こえてくる脇で、父さんは、先の見えない恐怖と一人闘っていた。

「みんな忘年会とか楽しそうでいいよな……」

「なんであの人たちは大丈夫で、自分ばかり辛い思いをしないといけないんだろう……」

「こんな試練、与えてくれだなんて頼んでいないのに……」

と、そんな想いが次々に湧いてきては押し寄せ、

新橋駅のホームから見えた、
イルミネーションと街行く人々

父さんをさらに苦しめていたんだ。

## 6―2 なぜ父さんはがんになったのか

こうした被害者意識は、治療中も続いた。治療が終わり、一旦回復したとしても、今後も再発や転移のリスクが残る。もちろん健康体の人だっていつ何があるかは分からないわけだけれど、少なくとも一度がんにかかってしまった父さんの体は、健康体の人たちよりも圧倒的にリスクが高い。当面は、普通の民間保険にすら入れない。この先生きている限り、こうした健康不安と向き合い続けなければならないことに、とてつもないやるせなさがこみ上げてくる。

でも、被害者意識を持ち続けたところで、何も前進しないし、何も解決しないことは分かっていた。なんとかして考え方を前向きに捉えなおしたいと、ベッドの中で、自宅のリビングで、治療先で、とあらゆる環境で模索していた。

「この病気は、自分に何を伝えようとしているのだろうか」

「この病気は、自分の人生にとってどういう意味があるのだろうか」

「この病気から、自分は何を学べばいいのだろうか」


こんな問いを立ててみては、ぼーっとする頭をフル回転させる日々。でも、繰り返していくうちに、少しずつではあるものの、気持ちが後ろではなく、前に向く時間が長くなっていた。もし、この出来事にも意味があるのなら、ただ闇雲《やみくも》に前進するよりも、意味を理解して取り組んだほうが間違いなく心がブレずに取り組めるようになるし、途中で挫折することも少なくなるはずだ。

こうした考え方も、父さんの場合はやはり東日本大震災から学ばせてもらった。

かの震災は、死者・行方不明者・関連死者の数が2万人を超えた未曾有《みぞう》の大惨事だった。一人一人の犠牲者の方のことを思うと言葉も出ない。

しかし、ずっと立ち止まっているわけにもいかない。

起きてしまった出来事から、何を学ばせてもらい、未来につなげていくことができるのか。

そうして導き出した父さん自身の答えは、第5章にも書いたように、「いつ何が起きても悔いのないように、日々を全力で生きる」ということだった。

もちろん、自身が直接の被害者ではなかった東日本大震災と、今回の病気とでは、当事者意識は大きく異なる。

でも、「起きてしまったことから何を学ぶか」という一点においては応用できることが多々ある。

君たちがこれから立ち向かうであろう逆境においても、きっとその中から学べることがあるはずだ。

## 6—3　このがんに意味づけをする

こうして、自分のがんをポジティブに捉えようとし始めた父さんに対して、とある方が紹介してくださった書籍にこんな記述があった。

・「排除しようなんてもってのほかで、『ひどい環境にして悪かったね』とお詫びから入るしかないんじゃないか」（玄侑）

・「ガンが治る人は、上手にガンというものとつきあっていて、いろいろ大変なことがあっても、最終的には自分の味方にしている」（土橋）

・「ガンができるところというのは、血流が不足していて、このまま放置しておくと穴があいてしまう。たとえて言うなら、堤防が切れそうなところに

土嚢《どのう》を置いて、その間に何とか対処しようとする、それがガンなんですね」（土橋）

・「まず、『悪かったな』というのと『ありがとう』というのと。やっぱり、ガンにはそうした言葉をかけてあげるべきでしょうね」（玄侑）

【出典：『医師と僧侶が語る　死と闘わない生き方』（玄侑宗久《げんゆうそうきゅう》・土橋重隆《つちはししげたか》著、ディスカヴァー・トゥエンティワン）】

臨済《りんざい》宗の僧侶でありながら芥川賞作家でもある玄侑氏と、外科医であり医学博士でもある土橋氏による、健康な体に対してのみならず、これまで頑張ってきたがん細胞にも感謝をするべきだという話が盛り込まれた一冊で、父さん自身、読みながらとても腹落《はらお》ちした。

確かに父さんは、それまで、健康体だということにかまけて、あまり体のケアをしていなかった。

平熱が35度台と低いため、免疫力が低いということは分かっていたものの、それに対するケアは特にしてこなかったし、食事などもそれほど気を遣ってはいなかった。精神面に関しても、たとえストレスを抱えていたとしても、「自分の気持ちが弱いからだ」と、ケアするというよりは無理していたように思う。

まだまだ30代だから無理が利くと思い込んでいたしね。

でも、実際には、心身ともに悲鳴を上げていた。その弱っていた部分をがん細胞がなんとか食い止めてくれていた。

そう思うことで、がん細胞は、「憎き相手」ではなく、「自分とともに戦ってくれていた戦友」なんだと捉えられるようになり、そのことに感謝の気持ちを持てるようになった。

そうした気持ちを持てるようになったあたりから、治療や副作用が少しずつ楽になっていったようにも思う。

父さんは、何か悪いことをしたから病気になったんじゃない。頑張ってきた分、少しメンテナンスが必要になっただけ。そしてこれから先は、もう少し自分の体を大切にしていこう、という気づきも与えられた。

どうだろう。逆境という状況も、考え方次第で、何か別のステージに置き換えられるような気がしないかな。

「学びの場」「自己変革の場」「感謝の場」など、君たちも来たるべき逆境に意味づけをしてみてはどうだろうか。

見えてくる景色が少しずつ変わってくるかもしれないよ。

## 6—4　すべての人・出来事から学べることがある

そう考えると、我々はたとえ逆境下においても、捉え方次第で、あらゆる出来事や人から学び、感謝をすることができるのだということが分かるよね。

「あの人さえいなければ……」

「あの仕事さえうまくいっていれば……」

「なぜ自分ばかり……」

と状況を嘆くのは簡単だ。でもそうではなく、

「あの人との関わりは自分の人生において、どのような意味があるのだろう」

「あの仕事がうまくいかなかったことで、何を学べただろうか」

「これは、自分なら乗り越えられると与えられた神様からの試練なんだ」

　こう捉えなおしてみたらどうだろうか。

　そうは言っても、逆境下は辛いし、苦しい。父さんもそうだった。だからこそ、

逆境を味方につけるんだ。あらゆるものを敵対視するのではなく、味方として自分側につけるんだ。

こう考えられるようになってからの父さんは、苦しい副作用を引き起こす元凶《げんきょう》であるがん細胞すらも愛おしく感じられるようになった。もちろん、最終的には根治《こんち》を目指すわけだから、がん細胞にも辛い思いをさせてしまうわけだけれど、これまでの戦友として、心から感謝をしながら治療に向き合えるようになったんだ。

もう一つ。父さんは、この治療中に、病気に「勝つ」のではなく、自分に「克つ」ことを意識するようにもなった。

ちなみに、「勝つ」と「克つ」の違いは以下のようになっている。

・「勝つ」：戦ったり競い合ったりした結果、相手より優位な立場を占める。

競争相手を負かす。勝利を得る。

・「克つ」：そうしたい欲求などを、努力して抑える。また、努力して困難な状態を切り抜ける。

【出典：デジタル大辞泉】

がんが一旦体から消滅したと告げられた日、喜びとともに、少しばかり寂しさも感じた。戦友との別れだ。父さんは心の中で「有り難う」とつぶやいたよ。

## 6―5　悩みともがんとも共存する

父さんは完璧主義者だ。何事も１００％できていないとつい気になってしまう。

人生そんなにうまくいくはずがないのにね。だからだろうか。これまで父さんは、辛いことがあると、それを自分の中から排除しよう、排除しようと、そればかり考えていた。

「悩みがあれば、解決してしまいたい」
「苦しみがあれば、逃げ出してしまいたい」
「がんになったら、早くその部位をなくしてしまいたい」

でも、何事に対しても感謝の気持ちを持つことを意識するようになって、そうじゃないんじゃないかと思うようになった。

むしろ、そういった辛さや苦しみ、悩みとも共存していっていいんじゃないかと思うようになったんだ。

それらから離れようと思っても、かえって自分にまとわりついてくる。君たちにもそんな経験はないだろうか?

・悩みが頭から離れてほしいのに、いつまでも自分の頭から離れてくれない。
・苦しい状況から逃れたいと思っても、一向に逃れられない。
・病気を治そう、治そうと思っているのに、なかなか治癒しない。

そうではなく、逆に、共存してみるという方法がある。こうした苦しみや悩み、辛さを受け入れ、自分の一部として共に生きていく。「これらがなければもっと良い人生なのに……」と思えば思うほど人生は苦しくなる。逆に、「これも自分の人生の一部なんだ」と受け入れることができれば、気持ちはむしろ楽になる。

父さん自身、やはりがんになってしまったことを受け入れるのには時間がかかった。何の不安もなさそうにスポーツをしたり、仕事に励んだりしている人たちを街や公園などで見かけては、「自分はもうあのような感覚には一生戻れないんだな……」と、失望感が押し寄せてきたりしてね。

早く治して健康体に戻りたい、できるのならがんにかかる前の自分に戻りたい、なんてことまで願っていた。でも、治療を重ねるうちに徐々に自分の中でがんと共存できるようになって、戦友と思えるようになってからは、少しずつだけど、がんになった自分を認められるようになってきた。

苦境に立たされながらも、そのことをブログで公表したり、できるだけ前向きに取り組もうとしたりする自分を誇れるようにもなってきた。

悩みや弱さがない人なんていないはずだ。だからこそ、君たちにもいつか、悩みや苦しさ、自分の弱さと共存し、なおかつ誇れる自分を見つけてほしい。そうなることを父さんは心から願っているよ。

# 第7章　毎週続く抗がん剤治療

## ～青臭い生き方その④　人生いつだってチャレンジできる～

## 7—1　辛くても、挑戦を諦めない

本章では、「人生いつだって挑戦できる」ということについて、考えていきたいと思う。

父さんは、今回のがん治療で、まず週1回の抗がん剤治療を約2ヶ月間行い、次に平日毎日行う放射線治療を計35回、約2ヶ月間行った。

特に抗がん剤治療のときには、週の半分以上は倦怠感やだるさ、食欲不振に苛まれていた。加えて、口内炎、脱毛、吐き気・嘔吐《おうと》、下痢《げり》、肌の乾燥による痛みなどにも大いに苦しめられた。

健康時とはほど遠い、まさに病人という言葉がぴったりの生活をしていたわけだけれど、一つだけ心に決めていたことがある。

それは、「できる範囲で新たなことにチャレンジする」ということだ。

そう聞くと、「闘病中にチャレンジなんて無謀《むぼう》では？」と思うかもしれないね。

自分でも正直、本当にやれるのか自信はなかった。けれど、父さんにとってはむしろ辛い治療をやりきるために、挑戦することは不可欠だった。

家でネットや新聞を見ていると、どうしても芸能人や著名人の病気や訃報《ふほう》といった記事が目に入ってくる。同じくらいの年齢で同じ病気で亡くなっている人も少なからずいる。自分は違う。そう思いたいが、一歩間違えれば……という不安は拭えない。だからこそ、できることはできるうちにやっておきたい。そんな思いも、父さんの行動を後押ししていた。

もちろんこれまでのように、さまざまな知人・友人と直にコラボレーションしたり、フルマラソンを走ったりといった無理はできない。せいぜい家でできることに限られている。それでも、「新しいことを始める」という心持ちが、治療を続ける、つまりは逆境に打ち克つためのモチベーションになってくれていたんだ。

逆境というと、何かと受け身で環境に身を委ねるイメージがあるかもしれないけれど、できる範囲のことはむしろ自ら進んで取り組んでいったほうが、かえって自己コントロール感や自己肯定感が高まるものだと、父さんは経験上確信している。

それでは、父さんが治療中にどのようなチャレンジをしていたのかについて、次の節で見ていこう。

## 7―2　やれる範囲でやりたいことをやる

治療中、父さんができる範囲で取り組んでいたのは、主に次のようなことだ。

・家族でカラオケをする
・懐かしのチョコを箱買いする
・ユーチューブでビデオメッセージを作る

・ルービックキューブをやってみる
・抹茶アイス食べ比べ
・パズルをする
・ガンダムのプラモデルを作る
・懸賞に応募してみる
・手品の練習
・自分の年表づくり
・君たちが生まれたときのＤＶＤを観直してみる
・君たちとＴＶゲームをする
・おじいちゃんとおばあちゃんに手紙を書く
・長男の君とプロサッカー選手のサ

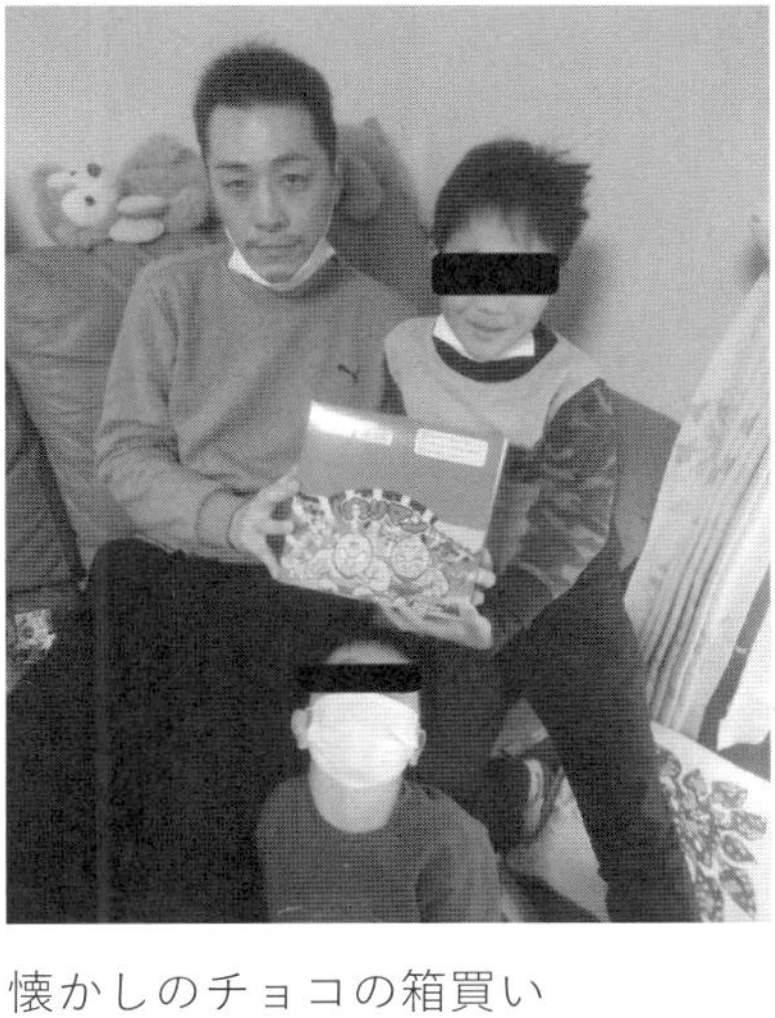

懐かしのチョコの箱買い

インをもらいに行く
・チョコレート菓子食べ比べ
・好きだった漫画『キャプテン翼』（高橋陽一著、集英社）を37巻全部読む

正直言って、健康体であればいずれもさほど難しいものではない。ちょっと時間をかければ実現可能なものばかり。でも、抗がん剤治療やのちに放射線治療を行っていた父さんにとっては、「やろう！」と思い立つだけでもひと苦労。それでも、治療開始前に、やりたいことリストを作っておき、体調的にやれそうなタイミングを見計らって右

2000ピースのパズルを3日間かけて作った

記のようなチャレンジを繰り返していた。

このように、日常のちょっとしたことにチャレンジしたり、好きなことに取り組んだりすることで、逆境を乗り越えるためのエネルギーを蓄積することができたんだ。

どうだろう。未来の君たちももし今後逆境下に置かれたら、だまされたと思って、一度試してみてほしい。

## 7―3　ダメ元で資格試験にも挑戦

実は父さんは、治療中に、とある資格試験にもチャレンジした。

試験の受験条件が、1年間の講座に出席するというもので、講座は皆勤賞で出席したものの、試験を2ヶ月後に控えた時期にがんが判明。正直、最初は受験を諦めようと思っていた。

でも、もし治療の合間に体調が良くなったら、準備しなかったことを後悔してしまうのでは、と思い直し、ほそぼそと勉強を続けていた。そして、試験当日、なんとか体調を整え、片道1時間以上かけて試験会場に向かい、トータル2時間超の試験を受けることができた。

残念ながら、試験には落ちてしまい、また翌年チャレンジすることになった。結果だけを見れば、最初から翌年に向けて頑張れば良かったのかもしれないね。勉強時間が限られていたとはいえ、1ケ月後に届いた「不合格」の通知は、放射線治療を控えていた入院中の父さんにとって、少なからずショックでもあったから。

それでも、やはり、チャレンジした自分に後悔はないよ。

たとえ結果がどうだろうと、やらずに後悔するよりも、やって後悔したほうが、本当の意味での悔いは少ないと父さんは思っているからね。

特に、病気になってから思うのは、チャンスはいつでもやってくるとは限らないということ。これは今健康な君たちだって例外ではないよ。今のその環境や状態がいつどうなるかなんて誰にも分からない。

そして、いざできなくなってから、「あのときやっておけば良かった」と思っても遅いんだ。

だからこそ、できるときにできるだけのチャレンジをしてほしい。父さんはそう願っている。

## 7―4　家族との語らい

治療中、さまざまなチャレンジをしてきた父さんだけれど、幼い君たちとの語らいも同じくらい大切にしていたつもりだ。

君たちはよく、入院中の父さんの病室に、母さんに連れられてお見舞いに来てくれたね。病室にいる父さんはいつもぐったりしていて、君たちに笑顔の一つも振り向けることができないでいた。

退屈で面白みがなく、加えて、日々の採尿や採血、検温《けんおん》、体重測定、点滴など徹底した管理下に置かれていたから、入院生活は父さんにとってひどく辛く、心に余裕がなくなっていたんだ。

入院から一時的に戻ると、君たちは、父さんがもう元気になったと勘違いしてか、容赦なく父さんの体の上に乗っかってきたり、強い口調で言い合ってきたりした。

父さん、うれしかった。けど反面、悔しかった。

動けないときは、将棋などインドアで過ごした

元気なときほどはやっぱり君たちと深く関わってやれなかったからだ。全力で君たちのパワーを受け止めてやれなかった。本当に、できる範囲で、日曜日にお出かけしたり、家で将棋や、直方体のパーツで組まれたタワーから、崩さないようパーツを抜き取る「ジェンガ」をしたりするくらいが精いっぱいだった。
「治ったら絶対、思いっきり遊んでやろう」。そう思いながら、できることに専念していた。

でも、これだけは覚えておいてほしい。

君たちと母さんがいたからこそ、父さんはさまざまなチャレンジができたし、苦しい治療も乗り越えることができた。君たちが父さんにとって何よりの希望だったんだ。

一人だったら、どこかできっと治療を投げ出していただろうな。

君たちは父さんの命の恩人だ。君たちもいつかは家庭を作り、子どもに恵まれるかもしれない。そのときになればきっと分かる。その子たちは、君たちの希望になってくれるはずだ。辛い人生も生きていける、そんな希望にね。

## 7—5　がんチャレンジャーを目指す

がんの治療をしていたり、それを克服したりした人のことを「がんサバイバー」という。もちろん父さんも、周りからは、「がんサバイバーの花木さん」と思われているだろう。

でも、父さんは今、自分のことを「がんチャレンジャー」と呼んでいる。入院中のベッドの中、思うように動かない体に悪戦苦闘しているとき、ふとこのフレーズが天から舞い降りてきた。そのときから自分のことをそう呼んでいる。なぜなら、父さんは、がんという病気を抱えながらも、自分がどこまでやれるか、いつまでも挑戦していたいからなんだ。

これから先、再発や転移のリスクに怯える日が来るかもしれない。他にもさまざまな逆境が待ち受けているかもしれない。でも、病気を理由に保身《ほしん》に走ったり、挑戦しなかったりする人生を父さんは歩みたくないし、君たちにもそういう人生を歩んでほしくない。

だから、自分を鼓舞《こぶ》するためにも、父さんは「がんチャレンジャー」として、これからも色々と新しいことに取り組んでいきたいんだ。当然、大きくなった君たちとも一緒に色々なチャレンジをしていきたいと思っている。

大きくなった君たちは、もしかしたら、置かれている立場やこれまで積み上げてきたものを大事にしたい、失いたくないと思っているかもしれないね。逆境によってそれらが脅かされることを極度に恐れているかもしれない。

でも、そういうものを守る気持ちを持ちながらも、一方で人生を前向きにチャレンジする気持ちも忘れずに持ち続けていてほしい。一つ一つのチャレンジは、うまくいこうがいくまいが、きっと君たちを一歩ずつ確実に成長させてくれるはずだから。

# 第８章　家族に対して、今できること
## ～青臭い生き方その⑤　利他の心を持つ～

## 8―1　家事を一手に引き受ける母さん

ここからは少し家族との話をしようと思う。治療中は君たちにも随分と寂しい思いをさせてしまったかもしれないけれど、一番大変だったのは間違いなく母さんだったはずだ。

父さんがそれまでやっていた家事も含めて一手に引き受けていただけでなく、父さんの体について心配をかけたし、食事面などでも面倒をかけたからね。

加えて、普段の仕事の傍ら、君たちの小学校や保育園のサポートも変わらずやっていたわけだから、母さんがいなかったら、うちは大変なことになっていただろうな。

父さんは、そんな母さんの状況を分かっていながらも、自分のことだけで精いっぱいだった。何か力になれないかと思っていたけれど、副作用に苦しむ体でやれることはほとんどなかった。

でも、やはり母さんや家族のためにできることがあったらやりたいという気持ちは治療中も持ち続けていた。

## 8―2　今、自分に何ができるか

２０１１年の東日本大震災発生以降、父さんがずっと忘れずに続けていたことがある。それは、「今、自分に何ができるか」という問いかけだ。何も、不可能なことにチャレンジしようというわけじゃないよ。自分のできる範囲の中で、誰かのために役立てることはないか、と常に考え、そして行動する。やろうと思えば誰にだってできることだ。

そして、その問いかけは、病気が判明してからも変わらずに持ち続けていたつもりだ。どうしても、自分の身の周りのことを優先せざるを得なかったけれど、少しでも精神的、肉体的に余裕が生まれたときには、家族のために何ができるかと考え、家の中をモソモソと動いては、洗濯物を取り込んで畳《たた》む、といったできる範囲での家事をやっていた。

母さんは、「無理しなくていい」と言ってくれたけれど、別に無理していたわけじゃない。単純に、誰かの役に立てる、ということがうれしかったんだ。

仕事もお休みしていたし、できることは限られていたからね。

君たちも、いずれ逆境に身を置いたとき、もしかしたら、「もう自分のことだけで精いっぱい」と思うかもしれない。「周りのことになんて構っていられない」と思うかもしれない。

でも、もし僅かでも余力があるのなら、ぜひ他者のために「自分に何ができるか」と考えてみてほしい。そして、何か思いついたら微力でもいいから実行に移してほしい。その行動こそが、たとえ間接的であったとしても、逆境を乗り越えるためのモチベーションになるはずだ。

## 8—3　できることはやり、貢献する

未来の君たちは、中学生や高校生になったら、部活動やスポーツに励むことだろう。もしかしたら、どこの部活にも所属しないかもしれないけれど、そうだとしてもどこかのクラスには必ず所属するはずだ。

そこでは、どんなふうにして周囲と関わるだろうか。自分の力でメンバーを引っ張っていくような関わり方かな。それとも、周りのメンバーのやりたいことをうまく実現させてあげるような関わり方だろうか。もちろんどちらが正しいということは言えないし、それは目的などにもよるだろうね。

でも、一つだけ間違いないのは、そのクラスなり、チームなりに、自分が貢献できているかどうかは、イキイキと生きていく上でとても重要だということ。そして、自分が貢献できている、と思えれば、貢献実感が得られるようになるし、自分に自信が持てるようになる。

特に、逆境下に置かれたときは、この自信というのが大きくものを言うんだ。自信があれば、「このピンチを乗り越えるんだ！」と強く思えるだろうし、自信がなければ「やっぱり俺なんて……」となってしまうもの。

だから、どんなに逆境下に置かれても、周囲と距離を置いてはいけない。どうしても人と話したくない日もあるかもしれないけれど、もし周囲から頼られればそのときはとにかくチャレンジしてみてほしい。自分にできることがあったら、率先して取り組んでみてほしいんだ。

もしかしたら、自分では貢献したつもりになっていても、相手には「当たり前」と思われるかもしれない。お礼を言われると思ったら、何も言われないかもしれない。でも、そんなことは重要じゃない。重要なのは、君たちが起こした行動そのもの。そして、手に入れた自信。相手からの返答やお礼はあくまでも副産物に過ぎないからね。

## 8―4　内ではなく、外に目を向ける

利他の心で他者貢献するもう一つの利点を紹介しよう。それは、「気持ちが内側で

はなく、外側に向かっていく」ということだ。

逆境に身を置いていると、どうしても気持ちが内側に向きがちになる。もう少し分かりやすく言うと、ネガティブな考え方になりやすくなる。

休職して病気の治療をしていた父さんであれば、「なんで俺ばかりこんな辛い目に……」とか「頑張って治してもまた再発してしまうんじゃ……」とか、よく考えていた。

平日には、「みんな寒さにも負けず仕事を頑張っているのに、自分だけ家でボーっとしていていいのだろうか」とか「こうしている間にどんどん世の中から置いていかれるんじゃないか」とか。そして、土日になると少しホッとするんだ。みんな休みだからね。

そんなこと考えても体が治るわけでも、何かメリットがあるわけでもないのに。でも、放っておくとどんどんどんどん悪い方へ意識が行ってしまっていた。

だからこそ、視点を外に向ける必要があった。少しエネルギーを必要とする作業ではあるけれど、誰かとつながり、できることをやることで、結果、ポジティブな思考に少しずつ切り替わっていく自分がいたんだ。

何も家族に対してだけじゃなくてもいい。父さんの場合、東日本大震災の復興応援活動で知り合った知人から、「出版をしたいから協力してもらえないか」という連絡をもらい、自分が以前お世話になった出版社代表を紹介した。そのときはちょうど抗がん剤治療の真っ只中で、副作用に悩まされる日々だったけれど、週に1〜2日は倦怠感なく生活できる日があったから、その中で何かできることがあればしたい、と思っていた。そのときにちょうど声がかかったんだ。内側にばかり向いていた意識が、ぐんっと外側に向いたよね。そして、その人のサポートをすることで、治療に向かうエネルギーも手に入った。

もちろん、人から頼られるようになるには、普段から「何かできることがあれば遠慮《えんりょ》なく声かけて」と周囲に伝えておく必要があるのは分かるよね。こうした声かけは、ちょっとしたことではあるけれど、やり続けるのはなかなか難しいものであることも確かだ。

でも、そういう日頃からの声かけや取り組みは、いざというときにきっと君たち自身をも救ってくれるはずだ。

父さんは今回の経験からそのことを学んだから、未来の君たちにもぜひ実践してもらいたいと思うんだ。

## 8―5　想いを伝える

この章の最後は、「相手に想いを伝える」ということについて考えてみようと思う。『想い』って何?」と君たちは聞くかもしれない。何だっていい。自分が考えていること、相手に対して思っていること、何だっていい。もちろん誹謗中傷はいけない。でもそれ以外なら何だっていい。弱音《よわね》を吐いたっていい。日頃の感謝を口にしてもいい。とにかく自分の中にあるものを伝えることが大切なんだって父さんは信じている。

父さんは入院中、薄暗い病室の角《すみ》にある小さな茶色い机に向かって、母さんと、それから広島にいる君たちのおじいちゃん、おばあちゃんにそれぞれ手紙を書いた。父さんの病気は、一歩間違えれば命を落としかねない重いものだったし、みんなに心配をかけたからね。そのお詫びと、これまでの感謝、そして、治療をやりきることへの決意をしたためた。

父さんは、治療と並行してブログを書いていたから、「事実」を伝えるだけなら、あえて手紙を書く必要はなかったのかもしれない。でも、父さんが伝えたかったのは、母さん、おじいちゃん、おばあちゃん、それぞれに向けた「想い」だったんだ。それがどのように伝わったのかは分からないけれど、でも、伝えたことで、父さんはその後、晴れやかな気持ちで治療に臨《のぞ》むことができたな。

そうは言っても、照れくさいだろうし、普段はなかなかそういうことをやろうと思えないかもしれない。でも、逆境下に置かれてどうしようもないときは、父さんのこの教えを、騙《だま》されたと思ってやってみてほしい。大切な人に想いを伝えることで、きっと君たちの中の何かが変わることだろう。

# 第9章　食事もままならない日々

～青臭い生き方その⑥　生きているだけで有り難い～

## 9—1　放射線治療が始まる

クリスマスシーズンに始まった治療から2ヶ月が過ぎた。寒さは相変わらずだったものの、日によっては少しずつ春の訪れが感じられるようにもなってきた。ようやく苦しかった抗がん剤治療が終わり、その次に待ち受けていたのが放射線治療だった。

父さんのがんは、「中咽頭」という舌の奥の場所にできていたから、首周りに1日10分程度の放射線を当て、がんの消滅を目指していった。

平日毎日照射をし続け、計35回休みなくやることになっていた。加えて、3週間に一度は抗がん剤も投与するため、都度1週間〜10日程度の入院も余儀なくされていた。

最初こそ大きな副作用はないんだけれど、徐々に喉が痛くなって口から食べ物がとれなくなったり、首周りが焼けただれてきたり、味覚がなくなったりという障害が出るとは聞いていた。

だから父さんは、最初の10回分くらいまでの間に、とにかく色々と食べたいものを食べていた。君たちと一緒にラーメンやお寿司なんかを食べにも行ったけれど覚えているかな。

でもそのときはまだ分かっていなかった。その先に訪れる「地獄」とも呼べる日々のことを父さんはまだきちんと理解していなかったんだ。

## 9―2　味覚がなくなる

放射線治療を始めてから約2週間後。10回目の照射あたりから徐々に味覚がなくなっていくのが分かった。

大型スーパーのフードコートで売られていた濃厚《のうこう》で有名なソフトクリームに普

段の甘さを感じることができなくなったのがきっかけだ。

「あれっ、なんか普段に比べて味が妙にあっさりしてないか」と思い、母さんに味見をしてもらうと、

「いや、普段通りめちゃくちゃ甘いよ」

という返事。

この日が来ることは覚悟していたけれど、やはりショックだったな。

その日を境に、少しずつ味覚がなくなっていき、最終的には何を食べても味を感じられなくなってしまったんだ。

生まれてから40年弱。そんなこと初めてだったから、とても驚いたし、悲しかった。

何を食べても、本来の味を楽しめないなんて、何という悲しい世界だろう。逆に言えば、食べたい物を美味しく食べられていた自分はなんて恵まれていたんだろう。

そんなことを思わずにはいられなかったよ。

治療が終わってから、ゆっくりとではあるけれど、味覚が元に戻ってきている。「そうそう、この味」なんて一人つぶやきながら、幸せを噛み締める日々だ。

このことから、普段当たり前のように享受《きょうじゅ》していることは、決して「当たり前」じゃない、本当はとても「有り難い」ことなんだということが分かるよね。

食事だけじゃない。普段、安心かつ安全に暮らせていることもそうだし、勉強する場や仕事をする環境が整っていることだってそう。すべてが有り難いってことに、父さんは病気になってみて初めて気がついた。健康もそうだよね。治療や入院が長く続いたので、自分の足で行きたいところに行けるだけでも、この上ない幸せに感じられた。

そう思えば、病気も悪いことばかりじゃなかったのかもしれないね。今まで「当たり前」と思っていたことを、「有り難い」と感じられるようになったわけだし。

君たちもこれから先、何かいやなことがあったとき、ついネガティブな方にばかり目が行ってしまうかもしれないけれど、そんなときこそ、ポジティブな側面にも目を向けてみてほしい。味覚を一時的に失ったことでその有り難みに気づけた父さんのように。

## 9―3　食事が喉を通らない

味覚がなくなっていくことから後を追うこと数日後。今度は、喉が痛くなってきた。舌の奥にある中咽頭を中心に放射線を当て続けていたので、次第に喉周りに炎症ができ始めたんだ。これは本当に辛かったな。最初は風邪を引いたときに感じる程度の痛みだったのが、日に日に痛みは増していき、食事も喉を通らなくなっていった。その痛みを表現するなら、裁縫《さいほう》針をまとめて飲み込んでいるかのような衝撃だった。なんとか口に入れられたのはゼリーと水分くらいだったな。

どうしても我慢できなくなったので、主治医の先生に相談して、痛み止めの薬を出してもらうことになった。この薬は、医療用麻薬で、最大レベルのがんの痛みを抑えるのにも使われているものだった。その痛み止めの量をどんどん増やしながら、日に日に増す痛みをなんとか和らげるように努めた。

とはいえ、食事を口からとれないのはやっぱり辛かった。その分、胃瘻《いろう》といって予め手術で開けていた胃の穴にチューブを通し、そこから半固形物を入れていたんだけれど、栄養は取れても食べた気はまるでしない。

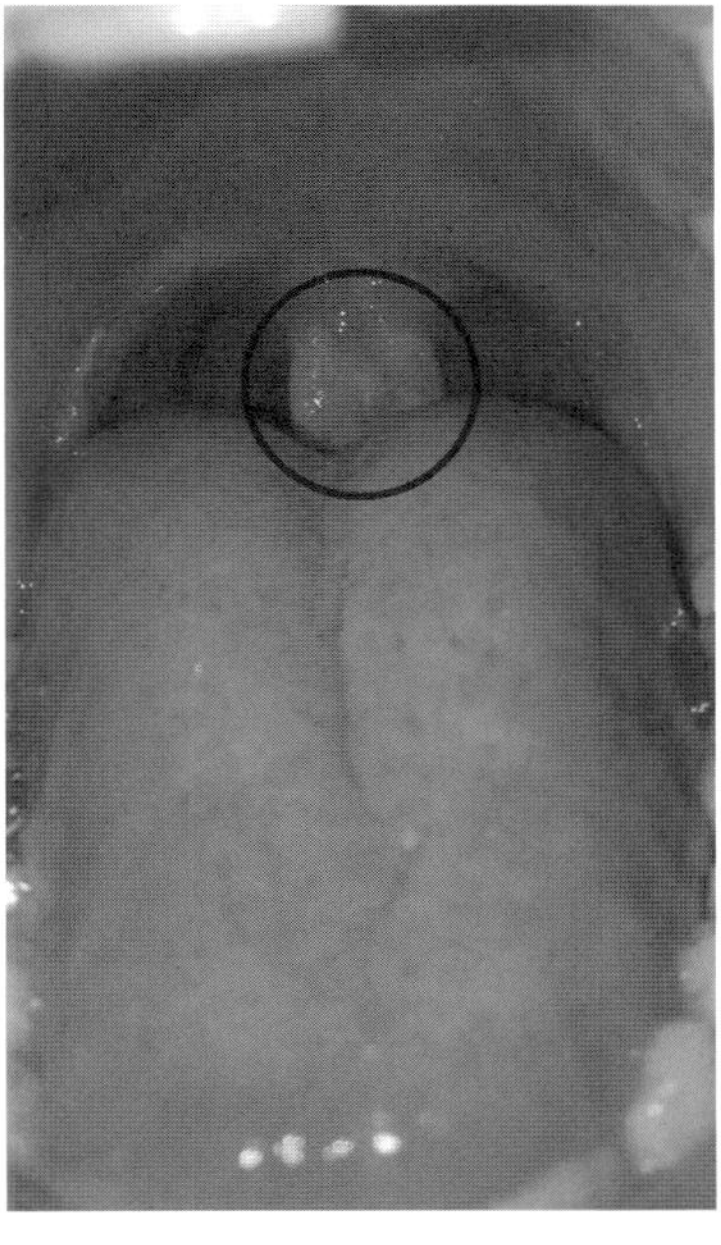

のどちんこは炎症まみれ

だんだんと体にものを入れることが面倒になってきてね。口から食事がとれないと、気力まで落ちてきてしまう。

だから今、口から入れられるようになって思うのは、「当たり前のことの中から、『生きる力』は生まれる」ということなんだ。

## 9―4　石巻の被災者の言葉

食べ物も食べられず、喉の痛みに耐え続けるだけの日々。今思い出しても本当に辛かった。まるで一日が48時間あるんじゃないかと思うほど、時計の針が遅々《ちち》として進まないんだ。

そんなとき父さんはよく、東日本大震災発生後3ヶ月経ってから向かった宮城県石巻市での出来事を思い出していた。ここで父さんは、津波で家屋や家族を失ったある一人の被災者の女性に話を聞くことができた。

その人は、土台の跡だけが僅かに残ったご自身の家屋があった場所に毎日立ち寄るのが日課だそうで、震災発生当時のことやその後の避難所暮らしの大変さを教えてくれた。それこそ、身一つで逃げてきたということで、とても厳しい状況であることが伝わってきた。

普通なら愚痴《ぐち》をこぼしたり、弱音を吐きたくなったりするところだろう。

それでも、その人は最後にこう言ったんだ。

「生きているだけで有り難い。生きていればなんとかなる」

2011年6月の石巻の様子

この言葉は、今でも忘れられない。極限状態まで追いつめられているにもかかわらず、ポジティブに、「生きている今」だけを見つめている。その言葉が父さんは忘れられない。

父さんにとって、この言葉を本当の意味で理解できたのは、7年経った今回の放射線治療のときだったけどね。

人間、自分が追い込まれなければなかなかこのような心境になれないのかもしれないけれど、君たちも逆境に追い込まれたときは、ぜひこの言葉を思い出してほしい。

「生きているだけで有り難い。生きていればなんとかなる」

# 第10章　最後の2週間
## ～青臭い生き方その⑦　夢を追いかける～

## 10—1　自由を奪われ、痛みもピークに

生きていることに感謝し、なんとか辛い放射線治療の日々を生き抜いていた父さんだったけれど、残りあと2週間というところで、いよいよ限界が訪れようとしていた。

喉の炎症による針を飲み込んでいるかのような痛みは、もはや痛み止め摂取量をギリギリまで上げても耐えられないものになっていた。大好きな甘い物ももちろん食べられないし、痛みで夜も起きてしまうから、気分転換もままならない。とにかく一日一日を指折り数えるだけの生活になっていたんだ。

さらに、最後の1週間はちょうど入院期間と重なってしまい、本当にあらゆる自由を奪われてしまった。

行きたいところにも行けない。食べたい物も食べられない。痛みがひどく、何をするにもやる気が起きない。

苦し紛れに病室のカーテンを開けると、窓から奥行きのある青空が広がっているんだけれど、自分の存在の小ささが一層感じられて、正直見ていられなかった。

そんな状況に何度挫けそうになったことか。

それでも父さんはなんとかして治療を完遂《かんすい》させるために前を向こうとしていた。

もちろん、その上でも、「青臭い生き方」はとても役に立ったんだ。

## 10―2　一日が長く、苦しい……

ちなみに、最後の入院中の父さんの暮らしぶりはこんな感じだった。

8時00分　起床
8時10分　朝食。ゼリーのみ

9時00分　放射線治療
10時00分　シャワーを浴びる
11時00分　点滴開始
12時00分　昼食。ゼリーと、胃瘻から取る栄養剤のみ
13時00分　読書や昼寝など、できるだけ痛みを忘れられ、時間が早く過ぎること
をひたすらやる
18時00分　夕食。ゼリーと、胃瘻から取る栄養剤のみ
22時00分　就寝。点滴は深夜に
まで及ぶ

規則正しい生活のように見えるけれど、何をするにも喉の痛みがずーっと付きまとっていたから、

胃瘻を使って食事中

とにかく早く一日が過ぎることばかり考えていた。「大切な日々を無駄にしたくない」「全力で生きたい」と頭では思っているものの、もはや体が付いてこなかったんだな。

あと何日、あと何日って、治療が終わる「２０１８年４月24日」を指折り数えては、待ち望むだけの日々だったよ。

## 10—3　ブログ執筆も、気持ちは続かず

先にも書いたけど、父さんは治療を始めてからずっとブログを書いて発信していた。モチベーションを保つ上で、とても重要なことだったなと今振り返ってみても思う。自分の状況をアウトプットすることで客観的に自分を見つめられるようになったし、周囲から応援やエールもたくさんいただくことができた。

でも、そのブログ更新という原動力をもってしても、当時の辛い日々は乗り切ることができなくなっていた。

本当に精神的に追い込まれてしまうと、感じたことを文章に書こうという気持ちすらも失せてきてしまう。このときの父さんがまさにそんな状態だったんだ。

だから、ブログに代わる何かが必要だった。

目の前の辛さを一時的であれ忘れられるような、そんな何かを父さんは必死に探していたんだ。

## 10―4　もうやめようか……

この頃は、「治療をやめてしまおうか」と本気で考え始めていた。日に日に増す痛み。入院先での看護師さんによる厳しい管理。それに対して、あまりにも少ない、気を紛らわす材料。

もう限界だ、生きているのが辛い……。何度そう思ったことだろう。

ここで仮にやめたとしたら、ちゃんと治らないんだろうな。でも、一旦やめてもう一度やり直したっていいじゃないか。そもそもこんな耐えられないほど辛い治療だなんて聞いていなかったし。

グルグルと頭の中で言い訳が回っていた。精神的な余裕もなかったから、思考を転換することもできなかった。

そんな父さんを励まそうと、毎日シフトでやってくる看護師さんが、病室の机に積んであった漫画のことに触れてくれたり、お見舞いに来てくれた母さんや君たちが必死に笑わそうとしてくれたりしていた。でも、正直そんな気持ちすらも煩わしく感じるほど、父さんの心は荒《すさ》んでいた。

とある日、担当の看護師さんが点滴の針を2回打ち損ねた。普段なら、「すみません、僕の血管が細いんですかね」と返す余裕があったりするものだが、このときはつい、「もういい加減にしてくださいよ！」と声を荒らげていた。こんなときこそ笑顔で……と思うが、理性ではそう思いつつ、もはや体が反応しない。痛みも耐え難いが、同じくらいに、自分が自分でなくなりそうなことが耐え難かった。そう、父さんはもういっぱいいっぱいだったんだ。

でも、そんな極限状態の中、ふと閃《ひらめ》いた。こんなときこそ今までのように青臭く生きればいいんじゃないか。こんなときこそ、夢を追いかければいいんじゃないか、と。

## 10—5　起死回生の出版企画書作成

「夢を追いかける」

このときの父さんにとっての夢。その一つは、目の前の辛い治療を乗り越えて、その経験を一冊の本にまとめることだった。

本当は治療が終わってから腰を据《す》えて取り組む予定だったんだけれど、ちょっと前倒しをして治療中、それも、一番辛い時期に、出版企画書を書くことにした。

出版企画書というのは、本を書く前に構成を練る段階でまとめる企画書のことで、これを完成させてから、出版社に売り込みをかけていくことになる。結果として生まれたのが本書だ。

父さんは、できる範囲ながら、夢に向けた作業を始めたというわけだ。

そして、これが驚くほどに、父さんの辛さを和らげてくれた。集中して企画書を書いていると、辛い時間を忘れられた。苦しい治療にも希望が持てた。

当初はネットテレビを観るために持ち込んでいたノートPC。そのキーボードを病室でパチパチと叩いていると、看護師さんが「仕事ですか？　無理せず頑張ってくださいね」と声をかけてくれた。

「いや、ただの趣味なんですけどね」

そう切り返す父さんの表情に笑みが戻ってきているのが自分でもはっきりと分かった。

「今、ここ」に集中することももちろん大切だ。でも、どうしても目を背けたくなる現実もある。そんなときは、現実に目を向けるだけでなく、少し先にある夢や目標に目を向けることも同じくらい重要なことなんだ、と父さんは気づかされた。いや、逆に夢や目標に向かうからこそ、辛い現実にも耐えられるのかもしれない。

君たちも、もし厳しい現実がやってきたら、ぜひ夢や目標に意識を向けてみてほしい。そして、「現実は、それらを叶えるための試練なんだ」と捉えなおしてみてほしい。きっと、それまでとは違った景色が見えることだろう。

# 第11章　再発の恐怖に打ち克つ

## ～青臭い生き方その⑧　やりたいことはやれるときにやっておく～

## 11―1　振り返るのではなく、前を向いて生きるために

いよいよ最終章までやってきたね。君たちに青臭い生き方とはどういうものか、そしてその生き方が逆境下においてどれほど力を与えてくれるのかということを、父さんなりの経験から伝えてきたつもりだけれど、どこまで伝わっただろうか。

この章では、父さんから最後のメッセージを伝えるつもりだ。そのメッセージとは、ここまでにも何度か出てきている「やりたいことはやれるときにやっておく」ということだ。

未来の君たちはどうだろうか。日々、やりたいことを悔いなくやれているだろうか。

「世の中そんなに甘くないよ」と内心思っているかもしれないね。

もちろん、自分のやりたいようにばかり生きていくことはできない。世の中を渡っ

ていくには何かと義務や責任が付きまとってくるし、周囲との協調性だってある程度は必要だということは、父さんも長い社会人生活の中で身に染みて実感している。でも、「これだけはやりたい」と思えることがあるのなら、どうかやれるときにやっておいてほしい。

病気になって分かったことだけれど、いつ何かが起きて、やりたいことができなくなるかなんて誰も分からない。ふいに命が失われてしまうかもしれないし、父さんのように健康を害してしまうかもしれない。そして、できなくなってから後悔しても遅いんだ。

だから、いつ何が起きてもいいように、ということをいつも胸に刻んでいてほしいんだ。

父さんがこうして治療後まもなく本を書いているのだって、「今やれるときにやれることをやっておきたい」と思ったからだ。

２０１８年４月末に放射線治療が終わり、その３ヶ月後の８月１日。最終検査の結果、画像上から父さんのがんは消えていた。これで病気は一旦は治った。でも、次にいつまた再発・転移するか分からない。今は検査で見えていないがん細胞が、突如また同じところに顔を出したり、別のところに移動して顔を出したり、という性質を持つのが、この病気の怖いところだ。そして、そのときに書けなくなるのはいやだから今書いている。

父さんは自分の人生を無駄にしたくないし、できるだけ後悔したくない。君たちにも無駄にしてほしくない。分かるよね。

## 11―2　ビジネスパーソンだって、青臭くていい

成人した君たちは、どのような職業に就いているのかな。職人さん？　それとも

父さんと同じビジネスパーソン？　ひょっとしたらまさかのプロスポーツ選手？

忘れないでいてほしいのが、どんな職業であっても青臭く生きることはできるということ。いや、青臭く生きてほしいということ。

もちろん社会や組織に入れば、自分の都合良くは生きられないだろう。でも、心でどう思うか、そして、何を大切にするかはそれぞれの自由だ。価値観も今よりさらに多様化しているだろうしね。

父さんは、ビジネスパーソンとして、これからも青臭く生きていこうと思っているよ。世の中はそれほど単純ではないから、時に「あいつは損をしているな」とか「馬鹿なことやってるな」とか思われることもあるかもしれないけれど、父さんは気にしない。だって、青臭く生きてきたからこそ、病気にも打ち克ち、幼い君たちとも今こうして一緒に暮らせているのだからね。

## 11―3　自分を信じる

青臭く生きていくには、少しばかりだけど勇気が必要だ。みんなに受け入れられるとは限らないし、もしかしたら反発にあってしまうかもしれない。

そんなとき、君たちならどうするかな。諦めてみんなと同じようにするか。誰に何を言われようと、自分の道を進むか。それは君たちが決めることだ。でも、一つだけ言わせてもらうとするなら、どちらを選ぶにしても、自分を信じて決断してほしいということ。人がどう言うかとかではなく、自分の意思で決断してもらいたいんだ。

なぜなら、自分で決断したことならたとえ失敗したとしても後悔することは少ないから。逆に、自分で決断したことじゃない場合、いざ失敗したり、うまくいかなかったりすると、後悔してしまう可能性が高い。

今回の治療で、父さんは思い切ってブログ公表に踏み切った。でももし、他者の意見に流され、公表を諦めていたらどうだっただろう。父さんは、自分の決断を悔やんだだろうし、この本も世に出ていなかったかもしれないね。

父さんは、君たちに、後悔のない人生を送ってもらいたい。時に迷いながらも、最後は信念を持って、人生の判断を取り続けてほしいと思うんだ。

## 11―4　これからもやりたいことをやって生きていく

いよいよ最後まできたね。ここまで読んできてくれた君たちにこれ以上伝えることはない。ここでは、父さんの決意表明をしようと思う。

父さんの病気は、一回治ってもまた再発する可能性のある病気だ。これからもそのリスクを抱えながら生きていかなければならない。もちろん、不安はあるし、時に恐怖に襲われることもある。君たちと楽しくテーマパークなんかで遊んでいるとき、ふと、「この幸せはいつまで続くんだろう……」なんて気持ちが落ち込むことだってある。

でも、だからこそ、父さんは、これからもやりたいことをやって生きていこうと思っている。何が起きても悔いが残らないように。その第一歩がこの本の執筆だ。

周りからは、「急がずゆっくり」と言われていたけれど、それでも「書きたい」という欲求には敵《かな》わなかった。

幼い君たちと力いっぱい遊ぶことも同様だ。今父さんは、休みの日になると、体力が続く限り、君たちとボールを蹴ったり、追いかけっこをしたりしている。「治ったら、子どもたちと力いっぱい遊ぶんだ」と治療中から決めていたからね。

未来の君たちも、やりたいことがあるのなら、これからでも遅くはない。勇気をもって一歩を踏み出してみてほしい。

◆

最近は夜更けに空を見上げることが増えた。以前に比べて、夜空に輝く数点の星たちが一層まばゆく感じられるようになった。

それはきっと父さんが、闘病中に「絶望」という闇を経験したから。そして、闇の中にポツンポツンとある希望こそが、人生の真の喜びであると実感できるようになったからではないだろうか。

君たちのこれから行く先も、もしかしたら期待しているようなバラ色の人生ではなく、暗くて長いトンネルをただひたすら進んでいくような人生かもしれない。時に絶望感が押し寄せてくるかもしれない。それでも、希望だけは失わないでほしい。出口から見えてくるひとすじの光を追い求めて、挑戦を続けてほしい。

父さんは、そんな君たちの歩みを、いつも心の底から応援しているよ。

# おわりに

2018年8月1日。この日、放射線治療の最終検査の結果を聞きに、病院へ向かいました。

妻の付き添いのもと、かなり時間に余裕を持って受付を済ませたのですが、こんなときに限って患者さんが殺到《さっとう》しており、まさかの1時間待ち……。変な想像を膨らませないように、できるだけ「無」の境地で、待ち続けました。

そして、ついに呼び出し機が鳴り、いつもの14番の診察室をノックしました。無言でパソコンの画面をずっと見つめている主治医の先生。緊張感が走る中、投げかけられた「最近、体調どうですか？」という質問。「はい、おかげさまでだいぶ良くなってきていると思います」と僕。

えっ、ということは……。

「検査結果、大丈夫そうですね。万一治療が続いた場合のために残していた胃瘻、今日外しちゃいましょう」

というわけで、5ヶ月お付き合いした胃瘻も外れ、ついに治療が完了となりました。

【出典：ブログ『38歳2児の父、まさかの中咽頭がんステージ4体験記！ 〜がんチャレンジャーとしての日々〜』】

◆

本書は当初、一般のビジネスパーソン向けに、逆境に負けないための生き方を示せたらと書いていていました。

しかし、書いていてどこかしっくりきませんでした。

今、心から伝えたい相手が誰なのか、ターゲットが曖昧《あいまい》だったのです。手に取ってくださったあなたに読んでいただきたいのはもちろんですが、私の場合はやはり今8歳と5歳の子どもたちに、この経験と想いを伝えたいと思いました。本書は、20年後の息子たちが読むことを想定し、書き上げたものです。

もちろん、私は、20年後も今と変わらず生き続けるつもりです。でも、人生は本当に何が起きるか分かりません。東日本大震災からは、幸せな家族に明日何が訪れるかなど誰にも分からないことを教えられ、自身のがんでは、自分の人生が知らぬ間に別の形を帯びてしまうこともあるのだということを目の当たりにしました。

だからこそ、私は、治療が終わってすぐのタイミングで本書を書き始めました。

まだまだ喉の痛みや吐き気といった副作用の残る状態ではあったものの、やりたいことをやれるときにやっておきたかったのです。

そしてもう一つやりたかったこと。それは、感謝を伝えることです。

病気になってから、ずっと私や家族を応援してくれた知人、友人、勤務先の皆さん、治療中もそれまでと変わらず接してくれていた親族、日々の通院の送り迎えや子どもたちの面倒など治療中終始お世話になった義父母、遠い故郷からエネルギーを送り続けてくれた両親、本書出版実現に向けてご支援をいただいたはるかぜ書房の鈴木雄一社長、森川雅美氏、そして何より本書を手に取ってくださったあなたに、この場をお借りして、心からの感謝を伝えたいと思います。

そして、これまでも、今も、そばで私を支えてくれる妻と子どもたちに心からの「有り難う」を伝えたいと思います。

これからも青臭く生きていく私に、どうか引き続きお付き合いいただけたらうれしいです。

平成30年12月

がんチャレンジャー　花木裕介

## 参考文献


・『限りなく透明に凛として生きる』（佐藤初女著、ダイヤモンド社）
・『医師と僧侶が語る　死と闘わない生き方』（玄侑宗久・土橋重隆著、ディスカヴァー・トゥエンティワン）
・『見落とされた癌』（竹原慎二著、双葉社）
・『がん患者』（鳥越俊太郎著、講談社）
・『人を助けるすんごい仕組み　ボランティア経験のない僕が、日本最大級の支援組織をどうつくったのか』（西條剛央著、ダイヤモンド社）
・『夢をつかむ　イチロー２６２のメッセージ』（『夢をつかむ　イチロー２６２のメッセージ』編集委員会編、ぴあ）
・『やめないよ』（三浦知良著、新潮社）
・『とまらない』（三浦知良著、新潮社）

・一般社団法人 日本産業カウンセラー協会編『産業カウンセリング　産業カウンセラー養成講座テキスト』（一般社団法人 日本産業カウンセラー協会）
・『がん検診のススメ 第3版　先生、がんから身を守るには、どうしたらいいでしょうか？』（がん対策推進企業アクション事務局）

引用ウェブサイト
・国立がん研究センターのがん情報サービス
URL: https://ganjoho.jp/public/cancer/mesopharynx/
・四谷メディカルキューブＨＰ
URL: http://www.mcube.jp/about/equipment/

※ウェブサイトからの引用は執筆時のものであり、更新等により変更の場合があります。

# 著者プロフィール

花木 裕介

ティーペック株式会社勤務。

２０１７年12月、中咽頭がん告知を受け、標準治療（抗がん剤、放射線）を開始。翌8月に病巣が画像上消滅し、9月より復職。がん判明後より、ブログ『38歳2児の父、まさかの中咽頭がんステージ4体験記！　～がんチャレンジャーとしての日々～』を開始し、現在も執筆中。

著書に、『心折れそうな自分を応援する方法　～現役子育てパパでも夢を諦めない』（セルバ出版）など。

国家プロジェクトである「がん対策推進企業アクション」（厚生労働省の委託事業）の認定講師としても活動中。

青臭《あおくさ》さのすすめ
～未来の息子たちへの贈り物～

平成31年1月31日 初版第1刷発行

著　者：花木《はなき》 裕介《ゆうすけ》

発行人：鈴木 雄一
発行所：はるかぜ書房株式会社
〒140-0001
東京都品川区北品川1-9-7 トップルーム品川1015号
TEL: 050-5243-3029 DataFax: 045-345-0397
E-mail: info@harukazeshobo.com
Website: http//www.harukazeshobo.com

装　幀；菅原 守
印刷所：株式会社ウォーク
©Hanaki Yuusuke Printed in Japan 978-4-909818-06-5 C0037 ￥1200E

定価はカバーに表示してあります。乱丁・落丁本がありましたらお取替えいたします。本書の内容の一部あるいは全部を無断で複製複写（コピー）することは、法律で認められた場合を除き、著作権および出版権の侵害になりますので、その場合は、あらかじめ小社宛に許諾をお求めください。